L. A. Dessaulles, Alexandre C. Barnabo

S. E. le cardinal Barnabo et l'Hon. M. Dessaulles

Dernière correspondance

Antigonos

L. A. Dessaulles, Alexandre C. Barnabo

S. E. le cardinal Barnabo et l'Hon. M. Dessaulles

Dernière correspondance

Réimpression inchangée de l'édition originale de 1871.

1ère édition 2024 | ISBN: 978-3-38813-067-5

Antigonos Verlag est une marque de Outlook Verlagsgesellschaft mbH.

Verlag (Éditeur): Outlook Verlag GmbH, Zeilweg 44, 60439 Frankfurt, Deutschland, info@outlook-verlag.de
Vertretungsberechtigt (Représentant autorisé): E. Roepke, Zeilweg 44, 60439 Frankfurt, Deutschland
Druck (Imprimerie): Libri Plureos GmbH, Friedensallee 273, 22763 Hamburg, Deutschland

DERNIERE
CORRESPONDANCE

S. E. LE CARDINAL BARNABO

L'HON. M. DESSAULLES.

—◆—

MONTRÉAL

IMPRIMERIE DE ALPHONSE DOUTRE et Cie,
Coin des rues Notre-Dame et St. Gabriel.

1871

DERNIÈRE

CORRESPONDANCE

ENTRE LE

CARDINAL BARNABO ET M. DESSAULLES.

En Octobre dernier, l'hon. M. Dessaulles recevait de MM. les Administrateurs du Diocèse de Québec une lettre dans laquelle on lui faisait part de certaines communications que Son Eminence le Cardinal Barnabo, préfet de la Propagande, leur avait donné instruction de lui transmettre. Diverses circonstances, et surtout la multiplicité de ses occupations, avaient empêché M. Dessaulles de répondre à ces communications qui lui avaient été faites de la part du Cardinal; et il s'était contenté d'en accuser réception à Messieurs les administrateurs, leur demandant néanmoins une traduction de la lettre du Cardinal, ce qui lui fut refusé.

M. Dessaulles ayant répondu le 10 Mars au Cardinal Barnabo, offrit à l'Institut-Canadien de lui faire part de la lettre du Cardinal et de sa réponse à cette lettre. Cette communication fut fixée pour la séance du 13 Avril.

Quand les affaires de routine eurent été expédiées, M. le Président informa l'Assemblée que M. Dessaulles était prêt à lui faire la communication des documents promis, et M. Dessaulles la fit précéder des remarques suivantes qui furent souvent interrompues par de vifs applaudissements.

ALLOCUTION DE M. DESSAULLES.

Avant de vous donner communication, Messieurs, de la lettre du Cardinal Barnabo et de ma réponse, je crois qu'il n'est pas inutile de vous rappeler succinctement les différentes phases de notre lutte avec l'autorité diocésaine, lutte qui n'a jamais eu d'autre objet de notre part que de défendre le champ de l'étude, le domaine de la pensée, contre des empiétement que l'on n'ose plus se permettre dans les pays qui sont à la tête de la civilisation, mais que l'on cherche encore à faire accepter dans ce pays comme chose légitime et salutaire.

Vous savez tous que la difficulté remonte à 1858. Une scission eut alors lieu dans l'Institut. Cette scission fut provoquée par quelques personnes dont je n'entends pas contester la rectitude d'intention, mais qui ne voyaient pas la main qui se cachait habilement pour faire mouvoir certains ressorts.

La question portait alors, comme elle porte encore aujourd'hui, sur les livres de la bibliothèque. L'autorité ecclésiastique locale voulait une bibliothèque expurgée suivant ses goûts, c'est-à-dire composée de manière à imprégner exclusivement l'esprit des jeunes gens des principes ultramontains les plus excessifs, principes qui, dans le passé comme aujourd'hui, signifient domination absolue de l'Eglise sur l'état ; domination du prêtre, de droit divin, dans toutes les questions sociales et politiques ; direction sans contrôle de toute espèce d'étude, et même surveillance habituelle des détails les plus indifférents de la vie d. famille, (pourvu qu'on le laisse faire bien entendu.) Cela s'est fait à Rome de tout temps, et l'on voudrait naturellement introduire ici ce commode système qui met si facilement *en coupe réglée*, en quelque sorte, toutes les fortunes privées d'un pays. On a si bien momifié l'esprit humain dans l'ancien état romain que certains hommes trouveraient très commode d'en faire autant ici.

Une bibliothèque expurgée comme le voudrait l'autorité ecclésiastique locale ne mériterait plus d'être appelée un répertoire général des connaissances humaines, car les retranchements que l'on en ferait seraient tels que les livres les plus essentiels à l'étude du droit public, du droit civil, de la philosophie, de l'histoire ecclésiastique ou profane, de la littérature, de l'économie politique et des sciences positives comme la médecine, la géologie, la chimie organique, seraient impitoyablement bannis.

Nous aurions la belle science des collèges, dans lesquels nous voyons tous les jours des hommes d'une instruction considérable rester toujours étrangers aux besoins de leur époque, toujours hostiles au libre développement de l'esprit humain, toujours empêtrés dans l'idée absolutiste, et n'avoir aucunes notions exactes et pratiques sur la vie sociale et les institutions politiques des pays où ils vivent.

Je connais des professeurs de collège qui sont de véritables puits de savoir et qui ont fait des lectures immenses, mais aussi qui n'ayant envisagé les questions sociales et l'histoire en général que du point de vue borné du champ d'étude qui leur était permis, n'ont jamais pu généraliser les questions, comprendre les grands faits de l'histoire, se rendre compte de l'effet de telle institution plutôt que de telle autre sur les mœurs politiques d'un peuple, ni apprécier sainement les événements les plus ordinaires. Leur éducation, faussée par le besoin de plier tous les faits de l'histoire aux besoins d'un système, par la nécessité, dans un certain ordre d'idées, de toujours faire envisager les plus grandes fautes du clergé sous un jour favorable, les rend de tous les hommes les moins capables de saisir le côté pratique des choses. Ils veulent plier la nature humaine elle-même aux besoins d'un système qui met tout, dans le monde, les gouvernements et les peuples, les institutions et les lois, la société comme les individus, dans la main du pape, et conséquemment du prêtre, et ils expriment naïvement leurs idées et leurs désirs comme si leur acceptation pratique, dans les sociétés politiques, était chose possible.

Le clergé n'aime que cette espèce d'éducation qui fait les automates, qui empêche les hommes de faire des études *sérieuses* ; car je ne puis appeler *sérieuse* que l'étude d'un sujet sous tous les points de vue dont il est susceptible, une étude qui soit *bonâ fide* l'examen *du pour et du contre*. Toute étude faite d'un seul point de vue, soit clérical, soit libéral, est incomplète, et bien souvent l'esprit, au lieu d'être formé par cette étude exclusive, en est tout simplement *faussé*. Voilà pourquoi le savoir de collège, toujours le fruit du point de vue *exclusif*, est quelquefois exposé à de si graves mécomptes quand il se trouve en conflit avec le savoir plus complet des hommes qui ne se sont pas fatalement murés dans l'*Index*.

Or où le savoir s'acquiert-il ? Dans les livres. Où trouve-t-on les livres ? Dans les bibliothèques. Si une bibliothèque est composée, disons au seul point de vue de l'ultramontanisme, tout ce qui sort de ce cercle d'idées est condamné ; donc l'étudiant qui prendra son savoir dans une pareille bibliothèque restera toujours, quoiqu'il fasse, un esprit incomplet, souvent farci de préjugés qu'une étude plus généralisée aurait empêchés de se former chez lui.

L'ultramontanisme sait parfaitement ce qu'il fait en voulant former les bibliothèques de son seul point de vue ; il sait que c'est un moyen infaillible de mouler les esprits comme il l'entend, et d'exercer indéfiniment ce despotisme moral, social et politique qui fait tout le fond du système, et qu'il a érigé en dogme partout où il l'a pu.

Voilà ce que l'on veut faire ici : n'avoir que des bibliothèques qui forment toutes les intelligences sur le même moule et qui empêchent autant que possible les hommes d'étude de sortir du cercle que l'on trace rigoureusement à l'esprit. Avec ce système le clergé tient dans sa main toute l'intelligence d'un pays, tout son mouvement politique, tout son progrès intellectuel et même toute l'action du gouvernement, et il écrase tout ce qui lui résiste.

Et les conséquences de tout cela sont les beaux résultats que nous pouvions étudier naguère en Espagne et en Italie, la nullification de l'intelligence publique et conséquemment de l'opinion publique, et par suite la décadence nationale.

Eh bien, nous, membres de l'Institut, nous ne faisons de lutte énergique que contre les tendances dominatrices du partie ultramontain, qui veut s'immiscer dans toutes les questions, depuis la plus haute question d'étude scientifique jusqu'à la plus infime question politique ou sociale, et qui.

partout où il l'a pu, a proscrit l'étude et la science. J'ai recueilli des matériaux assez considérables pour démontrer son hostilité de tous les temps au libre développement de l'esprit humain, et je pourrai vous en faire part quelque jour.

En défendant notre bibliothèque, si incomplète qu'elle soit, contre l'étroit esprit d'exclusion que montre l'autorité diocésaine, nous rendons service même à ceux qui nous sont hostiles parcequ'on les a aveuglés sur la vraie signification de notre lutte. D'ailleurs nous ne sommes pas les seuls attaqués. Ne voilà t-il pas l'Université Laval *accusée* de laisser lire et étudier Pothier et, chose bien autrement remarquable, BOSSUET LUI MEME ? Car remarquez bien une chose : le grand Bossuet, surnommé le dernier des *pères*, le grand Bossuet lui-même est décrété d'hérésie à l'heure qu'il est ; et un ecclésiastique français de l'école Veuillot l'a représenté l'année dernière comme plutôt la honte du clergé de France que *sa gloire*, «comme on l'avait toujours cru.»

Voilà où l'on en est rendu ? Eh bien nous ne voulons pas de ce fanatisme, ni de cet esclavage. Et quand nous voyons l'Université Laval elle-même, sous la tutelle immédiate de l'Archevêque de Québec, décrétée de *tendances suspectes et de gallicanisme* par le *Journal des Trois-Rivières* et le *Nouveau-Monde*, parce qu'elle met Bossuet entre les mains des élèves, il est certainement temps de dire à l'Ultramontanisme : "Voyons : En voilà assez. Si l'on ne doit plus lire que Veuillot, mettez donc de suite le bonnet d'âne sur l'humanité !"

La bibliothèque de l'université Laval mérite donc aussi l'expurgation. On en doit de suite bannir tous les auteurs gallicans : Ellies Dupin, Pithon, Pothier, Arnauld, Bossuet, Durand de Maillane, et cent autres. Ne vient on pas de nous dire ici même que le gallinisme était " la dernière et la plus hypocrite des herésies ? " Et voilà que cette hérésie, d'après nos journaux modèles, couve sourdement dans l'université Laval ! A quand donc l'ex-

communication des professeurs d'a-
bord, et ensuite de l'Archevêque qui
les protège ?

Voyons ! Est-ce assez de folie, et d i-
neptie ? Pourquoi nous occuperions-
nous davantage de cette école de la
colère dévote qui en est rendue à accuser indirectement l'Archevêque
d'hérésie, et à l'accuser très directement de protéger une institution *où
l'on s'est défait de l'esprit romain ?*
Et qui s'est *défait de l'esprit romain,*
d'après la feuille fanatique ? Celui
même qui était recteur de l'université
et qui est aujourd'hui Archevêque ?
(*Nouveau-Monde* du 17 Mars.)

L'Institut fut donc mis, après la
scission de 1858, sous les censures ecclésiastiques, mais non dans les formes
voulues par le droit ecclésiastique ;
car Sa grandeur, qui se savait irres-
ponsable, n'observa aucune des règles
établies, et donna tout simplement
instruction aux membres du clergé,
par une circulaire privée, de refuser
les sacrements aux membres de l'Institut. Point d'avis, point de monitions
personnelles ; partant, point de défense : sa volonté seule faisait la loi.

Une mesure arbitraire à ce degré
ne pouvait produire que de l'irrita-
tion, et plusieurs années s'écoulèrent
avant qu'il fût question de s'occuper
de la possibilité d'un rapprochement.
En 1863 néanmoins, un comité fut
nommé en séance régulière de l'Institut et fut chargé de prendre les
moyens d'aplanir les difficultés entre
les membres catholiques de l'Institut
et l'autorité diocésaine. Ce comité eut
une entrevue avec Sa grandeur qui
se tint sur la limite de l'extrême ré-
serve, faisant comprendre, sans le dire en toutes lettres, que rien qu'une
soumission complète — à la déraison-
nable exigence de l'expurgation de la
bibliothèque comme elle l'entendait —
ne pourrait la satisfaire. Le comité
crut pourtant devoir tenter un dernier effort.

Soupçonnant beaucoup que toute
cette querelle à propos des livres n'é-
tait qu'un prétexte pour voiler un
but que l'on ne voulait pas explicitement avouer, le comité décida de
transmettre à S. G. le catalogue de la
bibliothèque et de la prier de vouloir
bien indiquer les livres à l'*index.*
Après avoir gardé le catalogue pendant sept mois, Sa Grandeur le rendit
en refusant péremptoirement d'indiquer ces livres. Il devenait donc acquis que l'on avait un autre but encore que l'expurgation de la bibliothèque. Ce but, que Sa Grandeur voulait obtenir sans prononcer le mot,
était la désorganisation de l'Institut
en imposant la *résignation* comme devoir de conscience aux catholiques
qui en étaient membres. Et la vraie
raison de toute cette savante tactique
était le désir d'étouffer un foyer d'idées
libérales où les gens se permettent de
discuter, et de choisir des livres, sans
soumettre le tout à M. le Chapelain
comme dans ces associations où l'on
forme si brillamment l'esprit des jeunes gens. Avec un Chapelain pour
surveillant, toutes nos discussions ne
pourraient plus avoir d'autre tournure
ni d'autre objet que le triomphe de
l'idée ultramontaine de la suprématie absolue du Pape *au temporel* comme
au spirituel. Nos lectures se borne-
raient à l'école des de Maistre et des
Veuillot, ces deux effrontés falsificateurs de toutes les questions histori-
ques qu'il ont touchées ou discutées.
Nous descendrions au pitoyable rôle
réservé aux jeunes gens dans ces bien-
heureuses associations où l'on ne doit
dire ou penser que ce que M. le révérend père tel ou tel veut bien vous faire la grâce de vous permettre ; où l'on
affirme gravement par exemple, à un
auditoire, que jamais personne n'a osé
répondre *au magnifique livre* de M.
Veuillot sur « le droit du Seigneur »
— affirmation qui ne prouve que la
déplorable ignorance du révérend
père qui l'a faite — dans ces associations où l'on affirme à la jeunesse
que chaque mot du *Syllabus* est devenu article de foi, ce qui implique l'o-
bligation de croire que tout le droit
moderne, si supérieur à l'ancien droit
inquisitorial, n'est qu'erreur et ty-
rannie envers l'Eglise ; ce qui implique encore l'obligation de croire
que la justice civile *viole le droit divin*

en punissant, par exemple, un ecclésiastique pour un crime qu'il aurait
commis. Trop peu de personnes ici
réfléchissent sur ces conséquences, et
sur la vraie portée des prétentions
ultramontaines.

On cache, aux yeux des gens peu
instruits, ces prétentions inadmissibles sous l'idée généralisée des *immu-
nités ecclésiastiques*. Ce mot en lui même paraît très inoffensif à ceux qui
n'ont pas étudié l'histoire des prétentions ultramontaines sur la suprématie absolue en tout et partout du pouvoir ecclésiastique. Mais ceux qui ont
suivi à travers les siècles les résultats
de ce qu'on appelle tout innocemment
en apparence *l'immunité ecclésiastique*,
savent que ce mot ne signifie pratiquement que la juridiction immédiate du prêtre sur les sociétés, les gouvernements, les institutions, les lois
et même les tribunaux civils,et son entière indépendance, même dans les cas
de crimes, de la société civile. C'est-à-
dire que dans ce beau système, tout
relève du prêtre qui, lui, ne relève de
personne.

Eh bien, pour en revenir à mon
sujet, le refus d'indiquer les livres
que l'on représentait comme un poison était, de la part d'un Evêque,
bien autrement grave *comme violation de devoir* que le simple fait de
leur possession par des laïcs. N'ayant
pas de liste de *l'index*, nous ne pouvions pas, même avec toute la bonne
volonté possible, connaître tous les
livres à *l'index* que pouvait contenir
notre bibliothèque ; d'autant plus
qu'il était difficile de soupçonner que
l'on eût pu mettre à *l'index* des auteurs comme POTHIER ou DUPIN,ou des
ouvrages comme les « Provinciales »
et le « Voyage en Orient. »

Le refus de l'Evêque de nous indiquer ces livres nous mettait donc
tout simplement en règle au point
de vue du *for* intérieur. Il n'y avait
dès lors plus de culpabilité pour les
catholiques de l'Institut à laisser la
bibliothèque telle qu'elle était jusqu'à
ce que l'autorité diocésaine comprît
enfin son devoir. La passion avec laquelle on nous a traités empêchait

l'Evêque de voir une chose aussi évidente, mais les théologiens qui exami-
nent cette question sur son propre
mérite et sans acception de personnes, c'est-à-dire sans s'occuper de la
situation compromettante où s'est
placé l'Evêque non plus que de la tactique hostile ordonnée à l'égard de l'Institut ; ces théologiens, dis-je, admettent
que le refus d'indiquer les livres à
l'index mettait l'Evêque dans son tort.

Mais pourquoi l'autorité diocésaine
refusait-elle de remplir son devoir
sur ce point ? Je vais vous en dire la
vraie raison,car toutes celles que l'on
a données n'étaient pas sérieuses ; n'é-
taient vraiment que des feintes pour
produire un effet sur la masse.

« L'Institut, a-t-on dit, n'ayant pas
voulu s'engager à retrancher tous les
livres à *l'index*, pourquoi les aurait-
on indiqués ?

Voilà précisément ce qui ne peut
s'appeler qu'un *prétexte*, et jamais une
raison acceptable à un homme sensé.
Car enfin l'Evêque se dit mu par le
seul intérêt spirituel de ses ouailles.
Or quand quelques-unes d'entre elles
allaient, ou lui faisaient demander :
« Monseigneur, vous nous dites qu'il
y a dans notre bibliothèque des livres
qu'un catholique ne peut lire ; voulez-
vous bien indiquer ces livres pour
que nous les connaissions ; » l'Evêque
était-il justifiable de refuser cette indication sous le prétexte que quelques
membres de l'Institut les liraient encore malgré *l'index*? Etait-il juste,
était-il bien pastoral de dire : « Parceque quelques uns d'entre vous ne
craindront peut-être pas ce poison, je
ne l'indiquerai pas à ceux qui le veulent l'éviter ? Parcequ'il y a des non-
catholiques dans l'Institut qui n'admettent pas *l'index*,—qui n'a jamais été,
jusqu'à ces derniers temps, admis en
France même où pourtant l'on était
catholique— je n'indiquerai pas le
danger aux catholiques !! »

Ah ! vraiment, il y a beaucoup trop
d'*humanité* là dedans ! Et j'ose me
permettre d'appeler cela : mettre son
petit moi à la place de son devoir.

Nous avons offert tout ce que nous
pouvions faire sans violer le droit des

non-catholiques de l'Institut: séques-
trer les livres à *l'index* comme indication aux catholiques qu'ils ne pouvaient les lire sans permission. Comment pouvions-nous priver entièrement tous les membres de l'Institut de
ce qui était propriété *conjointe et indivise?* Comment pouvions-nous raisonna-
blement ôter aux membres protestants
par exemple, un livre écrit au point
de vue protestant, comme Hume, ou
Hallam, ou l'histoire des protestants
de France ? Quand des gens en autorité agissent, il faudrait au moins qu'ils
comprissent la portée *légale* des actes
qu'ils veulent imposer. Et ici l'Evêque ne voyait pas une chose pourtant
bien simple : que nous ne pouvions
pas priver de sa propriété un membre
qui voulait la conserver et à qui elle
pouvait être necessaire pour ses études. Nous n'avons pas, comme l'autorité ecclésiastique, l'habitude de l'ar
bitraire et de la violation des droits
d'autrui sur les moindres prétextes.

On nous dira peut-être que cela
montre que nous ne devrions pas
avoir de protestants dans l'Institut.
Alors que l'on excommunie donc les
membres l'Institut de France et de
toutes les sociétés littéraires du mon
de qui ont des protestants ou des juifs
comme membres ! Tant qu'on ne l'au-
ra pas fait, tout ce que l'on nous fait subir d'arrogance dans les prétentions
et d'injustice dans les jugements ne
montre que l'étroitesse d'esprit de
ceux qui veulent faire des lois *pour
nous seuls* en se couvrant du grand
nom de l'Eglise.

Ce que nous offrions était donc tout
ce qu'un homme qui aurait voulu la
paix et non la guerre pouvait raison-
nablement demander. Bien des Evêques, dans le monde, n'en demandent
pas même autant. Mais on avait formé le projet de forcer l'association à
se débander ; on se croyait assez fort
pour l'écraser si elle s'y refusait, et
l'on mettait, comme d'habitude, l'opiniâtreté à la place de la raison.

Je sais bien que ceux qui cherchent
par ordre à excuser ce qu'ils savent bien
être inexcusable, vont dire que l'Evêque ne pouvait pas laisser le poison à
proximité des catholiques sans expo-
ser leur conscience. Mais ne l'expo-
sait-il pas au moins autant en refusant de l'indiquer ? D'ailleurs, en me
rendant le catalogue, Sa. Grandeur
elle-même m'avait rappelé ce que les
catholiques avaient à faire. «Ils peuvent toujours, m'a-t-elle dit, s'addres-
ser à leur confesseur pour connaitre
ces livres.»

Puisque le remède est si simple,
pourquoi donc cette grande guerre de
douze ans de durée ? Nos livres n'é-
taient donc pas la seule raison de la
guerre ?

Est-ce que la séquestration que
nous offrions n'aurait pas aidé les catholiques à connaitre les livres qu'ils
ne doivent pas lire sans consulter
le confesseur? Vous voyez bien qu'il
n'y avait rien autre chose chez l'Evê
que que le parti-pris de ne rien entendre. «Je le veux, cédez!» Eh bien, à mon
humble avis, les hommes sages et
éclairés ne parlent pas ainsi !

Il a aussi donné pour prétexte que
c'étaient des individus, et non le corps,
qui demandaient l'indication des livres à *l'index.* Voilà encore ce qui
prouve plus que tout le reste le manque de sincérité. Ce sont les individus, *et non le corps,* qui lisent, et
qui pèchent, s'il y a vraiment péché à
lire Pothier, ou Lamartine, ou Pascal,
ou la déclaration du Clergé de France de 1682 ! Mais comme il faut en
finir une bonne fois avec ces mes-
quines défaites et ces raisons saugre-
nues, je vais poser la question suivan-
te à nos ennemis :

L'Archèque de Paris, l'Archevêque
de Vienne, ou l'Evêque de Bruxelles,
refuseraient-ils à un ou plusieurs
membres des sociétés savantes ou littéraires qui se trouvent dans ces vil-
les, de leur indiquer les livres à *l'index*
de leurs bibliothèques sous le prétexte
que ce ne sont pas les corps qui en
font la demande ? Diraient-ils à un catholique qui demanderait l'indication
du *poison* : «Je ne vous le montrerai
que si le corps lui-même me fait faire
officiellement cette demande ? »

Allons donc ! Il faut mettre un peu
de raison et de sens commun dans

ces choses ! Le fait est qu'il reste bien peu de pays dans le monde catholique où l'on ait rendu l'opinion assez esclave pour faire accepter comme chose voulue par la religion la déraison que l'on montre ici sur la composition de notre bibliothèque.

Quelle était donc la vraie raison du refus d'indiquer les livres ? La voici, et soyez sûrs qu'il n'y en avait vraiment pas d'autre : ON N'OSAIT PAS NOUS DIRE : « Retranchez Dumoulin, retranchez Pothier, retranchez Montesquieu, retranchez de Thou, retranchez Sismondy, retranchez Lamartine, retranchez les économistes, retranchez les plus grands géologues de l'époque ! On comprenait que le rire, même des catholiques, eût été trop grand. On a donc préféré rester dans les généralités, qui ouvrent moins les yeux de la masse que les particularités, où l'esprit qui anime perce trop. N'osant pas dire franc et net ce que l'on voulait, on s'accrochait au premier prétexte venu pour mieux voiler le vrai but où l'on tendait, mais que l'on ne voulait pas explicitement déclarer.

Et ce qui me parait mettre hors de doute la rectitude de mon point de vue, c'est l'absence de toute décision sur cette question des livres dans le décret de l'Inquisition de Juillet '69. On n'a pas non plus osé dire, dans ce décret, comme vous le verrez plus loin, qu'un catholique *ne pouvait pas être membre* d'une association publique incorporée qui possède des livres à *l'index*. Comment l'eût-on fait pour nous quand on le permet partout ? Voilà pourquoi l'on a habilement, si non très loyalement, tourné la difficulté, n'en disant pas le plus petit mot dans le décret, et soulevant une nouvelle question sans nous le dire, ce qui facilitait singulièrement la condamnation puisqu'on nous enlevait toute possibilité de nous défendre !

Les censures furent donc maintenues contre les catholiques de l'Institut parce que le corps ne retranchait pas des livres que l'on refusait péremptoirement d'indiquer !

Voilà comme l'on entend la justice et comme l'on pratique le devoir dans certains Evêchés !

—Je vous excommunie, disait Sa Grandeur, parce qu'il y a du poison dans cette bibliothèque !

— Alors, Monseigneur, voulez-vous bien montrer où est ce poison ?

— Non certes, je ne vous le montrerai pas. Mais rappelez-vous toujours que si vous ne l'ôtez pas je n'en maintiens pas moins mes censures !

Et voilà ce que l'on habitue notre population à regarder comme de la conscience !!

Nous avons donc interjetté appel à Rome. Une requête en date du 16 Octobre 1865 fut adressée au Pape, signée par dix-sept membres de l'Institut, parmi lesquels se trouvait notre regretté confrère Guibord, qui témoignait bien par cette démarche de ses sentiments catholiques, ce qui n'a pas empêché qu'on a défendu à sa dépouille mortelle l'entrée d'un cimetière *non béni !!!* acte que j'invite nos adversaires à concilier avec le plus simple bon sens.

Notre requête était accompagnée d'un mémoire au Cardinal Barnabo, préfet de la Propagande, exposant notre point de vue de la difficulté. Plusieurs mois s'écoulent, et pas même d'accusé de réception quoique je l'eusse formellement demandé dans mon mémoire. J'écris enfin pour savoir si l'on a reçu les papiers. Ma lettre était datée du 15 Juin 66, 8 mois après l'envoi de nos papiers. Alors on se réveille enfin et le Cardinal Barnabo me répond la lettre que voici, traduite de l'italien .

Très illustre Monsieur, (1)

J'ai reçu depuis quelque temps

____

(1) Ceci ne cadre pas exactement avec la dernière lettre de Son Eminence, où je ne suis plus que " le susdit Dessaulles, " chose qui m'est fort indifférente au fond ; mais cette apostrophe seule montre combien l'on a, à Rome, la marotte des titres puisque l'on me faisait ainsi la même apostrophe qu'aux Evêques, que l'on aime tant aujourd'hui à appeler : " les Princes de l'Eglise. " Il y aurait presque eu, dans cette splendide apostrophe, de quoi me rengorger, si je m'occupais le moins du monde d'un titre

la pétition envoyée en votre nom et au nom des paroissiens catholiques membres de l'Institut-Canadien, au sujet de quelques difficultés avec Mgr. de Montréal, et aussi tons les papiers qui regardent cette affaire ; comme aussi une réclamation faite par vous personnellement contre un jugement porté par ce Prélat sur un écrit de vous relatif aux difficultés du susdit Institut.

Appréciant comme je le fais d'un côté les bonnes dispositions montrées par vous et les autres requérants, et reconnaissant d'autre part les qualités du zélé pasteur, je m'étais flatté que les faits une fois éclaircis, toutes la difficulté aurait été arrangée de manière à ce qu'il ne restât aucune raison de plainte.

Voyant donc, par votre lettre en date du 15 Juin, que l'on n'est point parvenu au résultat désiré, j'ai écrit à Mgr. l'Evêque pour l'inviter à me faire connaître ses raisons sur la double question.

J'attends donc la réponse de ce prélat, après laquelle je m'empresserai de vous répondre à la question.

En attendant, je vous souhaite de la part de Dieu toutes sortes de biens. De votre Seigneurie.

Le très dévoué.

AL. BARNABO, Préfet.

Rome, à la Propagande. }
le 24 Juillet 1866. {

Je reçus cette lettre le 16 Août, dix mois jour pour jour après l'envoi de nos papiers. Donc dix mois de perdus sur cette singulière supposition de Son Eminence qu'après notre appel, tout aurait peut-être pu s'arranger ici, quand nous n'avions évidemment fait cet appel que parce que nous n'avions pas pu obtenir d'arrangement !

A-t-on demandé des explications à Mgr. de Montréal, je n'en sais absolument rien, mais ce que je sais, c'est que la réponse promise par le Cardinal n'est jamais venue.

Mais le 2 Mai 1868, c'est-à-dire vingt-un mois après l'accusation de

réception des papiers, et près de trois ans après leur envoi, je reçus de Mgr. d'Anthédon, maintenant Evêque de Trois-Rivières, une lettre dans laquelle il m'invitait, en ma qualité de Président de l'Institut (je ne l'étais plus depuis deux ans) à le rencontrer avec les principaux membres de la société, *et ce au nom de tout l'Institut*, chez Mgr. de Montréal, le 22 Mai suivant. Sa Grandeur me disait qu'elle était chargée par Sa Sainteté *d'entendre les raisons de part et d'autre*, mais Elle disait aussi que nous avions porté notre plainte à Rome *au nom de tout l'Institut*, fait inexact et sur lequel elle était nécessairement trompée par les instructions qu'elle avait reçues.

Je répondis donc de suite à Mgr. d'Anthédon que les membres qui avaient porté plainte le rencontreraient volontiers au jour fixé, mais *en leur capacité privée*, et non pas au nom de l'Institut, vu que nous n'avions pas qualité pour cela, et que l'Institut était resté, comme corps, complètement en dehors de l'acte de quelques uns de ses membres.

Sa Grandeur me répondit immédiatement que comme la commission qui lui avait été envoyée de Rome parlait d'une plainte *portée au nom de tout l'Institut*, et le chargeait de s'aboucher avec nous *comme représentant l'Institut et agissant en son nom*, et de règler une affaire relative à *l'Institut comme corps et non point à quelques uns des ses membres individuellement;* il ne pouvait procéder plus loin, et allait demander à Rome de nouvelles instructions.

Ainsi donc, après trente deux mois d'attente, nous découvrions tout à coup que nos juges eux-mêmes avaient organisé un petit plan qu'il me faut bien appeler *un peu gauche* pour changer la question de personnes et de terrain, et subtiter le corps aux individus. Si l'on a cru que nous nous laisserions prendre à une aussi grosse ruse, il faut réellement que l'on ait cru avoir affaire à des gens bien naïfs.

Rien n'autorisait de près ni de loin

la Propagande à essayer de mettre le corps en cause au lieu et place des appelants en leur capacité privée, car il était aussi explicitement expliqué que possible, dans mon mémoire, que *c'étaient les catholiques de l'Institut qui agissaient* et nullement le corps, qui était resté complètement étranger à leur acte.

Et remarquez que cela était admis à Rome même, comme le prouve la lettre du Cardinal Barnabo que je viens de vous lire. L'accuse réception de la pétition envoyée *en mon nom et au nom des paroissiens catholiques membres de l'Institut-Canadien !* Voilà donc l'admission formelle que ce n'était pas le corps auquel on avait affaire, mais seulement ses membres catholiques.

Et malgré nos explications, malgré cette admission du Cardinal. on ose affirmer à Mgr. d'Anthédon que la plainte avait été portée au nom de *tout l'Institut!* et qu'il aurait à régler une affaire relative à l'Institut *comme corps et non point à quelques uns de ses membres individuellement !*

Voyons! Etait-il possible de représeter faussement les faits avec plus de préméditation? Et l'on ne trompait pas que nous ! On trompait aussi le commissaire même que l'on choisissait ! On défigurait l'affaire qu'on lui donnait mission d'arranger ! Comment s'étonner que l'on ait fait de la diplomatie à notre égard au lieu de rendre justice, quand on manquait si clairement à la véracité vis-à-vis même de l'Evêque auquel on envoyait une délégation de pouvoir?

Ce fait seul donne la clé de tout ce qui a suivi ! Ce fait seul montre à quelles déloyales manœuvres on est descendu pour éviter de rendre justice. Qu'il s'agisse tant qu'on voudra de Cardinaux et d'Evêques, ils devaient au moins dire la vérité ; et la lettre que Mgr. d'Anthédon m'a écrite prouve qu'on le trompait lui-même ! On lui ordonnait d'agir sur une base que *l'on savait être fausse ;* la prétendue plainte de *l'Institut* et non de ses membres catholiques ! Est-ce ainsi que l'on prouve son désir de rendre honnêtement justice ?

J'écrivis donc de suite au Cardinal Barnabo pour lui expliquer l'étrange procédé qui avait eu lieu à notre égard, et je lui rappelai qu'il avait lui-même admis avoir reçu la requête *des paroissiens catholiques membres de l'Institut,* et non pas celle de l'Institut ; et qu'il avait donc constaté lui-même la nature *purement individuelle* de la plainte. Ma lettre était datée du 27 Mai 1868.

On ne me fit naturellement pas de réponse. Qu'aurait pu dire son Eminence ! Les faits étaient là ; nos explications aussi ; sa propre admission aussi! On avait essayé de nous surprendre et l'on n'avait pas réussi ! Il y avait pourtant deux ans déjà que son Eminence m'avait promis une réponse directe dès qu'elle aurait reçu les explications de Mgr. de Montréal !

Ces explications auraient-elles été insuffisantes pour nous faire condamner? Il est permis de le croire vu l'absence complète de décison, dans le décret de l'Inquisition, *sur la question soumise à Rome.* Comment donner raison à l'Evêque de Montréal sur cette question quand nulle part on n'inquiète les membres catholiques d'un corps public qui possède des livres à *l'index ?*

Mais on ne voulait pas non plus nous donner raison, quels que pussent être les torts ou l'erreur de l'Evêque. Même s'il avait tort, il fallait le sauver devant l'opinion. On a donc adopté la prévoyante tactique développée dans une fable bien connue du bon Lafontaine : «Avant un an, le Roi, l'âne ou moi nous mourrons ; » c'est-à-dire: «Laissons faire, et il surgira peut-être quelque chose qui nous tirera d'embarras.

Nous avions porté notre appel en 1865. Trois ans après on n'avait encore rien fait, à part cette tentative, qui n'avait chance de réussir qu'avec des enfants, de compromettre le corps en faisant agir les appelants au nom du corps. N'ayant pas réussi, on décida de dormir et de laisser dormir la question aussi.

Vint le 17 Décembre 1868, jour de notre anniversaire de fondation. Il devenait assez clair, puisque trois ans s'étaient écoulés depuis l'appel, qu'on ne s'en occupait guère. On avait eu le temps, *en trois ans*, de rendre justice. Loin de là on avait eu recours à l'incroyable manœuvre de tromper un de nos évêques sur la vraie signification de cet appel. Cela ne montrait guères le fait de haute conscience dont on nous parle tant. Je crus donc devoir répondre, ce jour là, aux attaques furieuses de cette sainte presse qui, d'après la *Minerve* du 11, est occupée à nous montrer «les inimitables vertus du journalisme religieux.» et je fis cette lecture dans laquelle des prêtres instruits d'ici et des Etats-Unis n'ont rien trouvé de *réprouvable*, mais que l'on a *réprouvée* à Rome parceque l'on ne savait absolument plus comme sortir à l'honneur de l'Evêque de la question des livres. Comment encore une fois nous condamner là dessus quand on ne condamne ni l'Institut de France ni ceut autres sociétés scientifiques ou littéraires qui se font honneur de bibliothèques bien autrement garnies que la nôtre de livres à *l'index ?*

Personne n'a encore osé aborder cette contradiction. Personne n'a encore osé expliquer pourquoi l'on peut ainsi sévir contre nous quand on ne le fait nulle part ailleurs pour les mêmes raisons : quand on ne le fait *pas même ici* pour les mêmes raisons! On cherche à détourner les jeunes gens des cours donnés à l'Institut. Cherche-t-on à les détourner des cours du Collége McGill qui possède une bibliothèque où il y a plus de livres à *l'index* que dans la nôtre ? On ne met donc de sincérité nulle part avec nous! Tout ce que l'on fait est donc entaché de partialité nécessairement inspirée par le préjugé opiniâtre, ou la détermination formelle de ne pas avouer que l'on se trompe. Car enfin ou l'on se trompe avec nous, ou l'on se trompe avec les autres que l'on n'inquiète pas. On ne peut avoir également raison sur deux faits contradictoires. Quand l'on n'inquiète pas les catholiques membres d'autres sociétés, qu'on nous laisse donc tranquilles. Et si l'on ne nous laisse pas tranquilles, que l'on inquiète donc les autres ! Et quand on s'obstine à n'inquiéter que nous seuls, nous avons le droit de dire qu'il n'y a là ni justice, ni honnêteté, ni conscience. Cela est dur peut-être, mais voyez donc ce fait-ci.

Un catholique de l'Institut s'adresse à l'Evêque pour demander qu'on lui permette l'approche des sacrements. Il établit qu'il est l'un des appelants au Pape. L'Evêque lui fait répondre qu'il est un rebelle à l'Eglise et qu'il ne peut lui permettre d'approcher des sacrements ! Cette réponse existe en la possession de ce membre.

Eh bien, voilà encore du nouveau en religion et en simple bon-sens. L'appel à Rome, une preuve *de rébellion à l'Eglise* ! Et c'est un Evêque qui dit cela !

Comment veut-on que des gens sensés croient en son esprit de justice, et j'oserai même dire en son jugement ? Comment l'appel au conseil privé, par exemple, prouve-t-il que l'on veut résister au pouvoir civil ?

Soyez sûr, Messieurs, que tout cela est trop illogique et trop absurde pour durer longtemps, et il ne s'écoulera pas bien des années avant qu'on ne vienne nous dire avec toute la bonhomie que l'on sait mettre dans ces choses : « Ah ! c'était un bien excellent homme que Mgr. de Montréal, mais il avait ses petits préjugés. Allons! oublions tout cela et redevenons bons amis ! » Mais tout sera toujours adroitement arrangé de manière à éviter d'avouer qu'un Evêque se soit trompé. L'humilité ecclésiastique ne va jamais jusque-là !

Mgr. de Montréal, qui n'avait pas pu, avec ses explications, nous faire condamner sur la question des livres, qui n'est pas encore décidée à l'heure qu'il est, partit pour Rome dans l'hiver de 1869. De nombreuses affaires litigieuses l'appelaient à Rome où on le voit toujours arriver avec un peu de frayeur.

« Si tous les Evêques étaient comme Mgr. de Montréal, » disait un prélat romain à un voyageur de ma connaissance « il n'y aurait pas assez de cinq Propagandes ! »

Arrivé à Rome, sa plus grande affaire fut celle de l'Institut. Voyant que l'on ne nous condamnerait pas sur la question de possession de livres à *l'index* par un corps public, ce qui eût été se mettre en contradiction directe avec ce qu'on tolère partout, il remua, intrigua, sollicita, glissa mille terribles choses dans toutes les oreilles; fit voir au microscope le *monstre du libéralisme* levant dans l'Institut sa tête *hideuse*, y répandant son *venin infect*, et le transformant *en chaire de pestilence*; (1) et réussit à force de dénonciations qui sont toujours restées *secrètes* en ce sens qu'on ne les a jamais officiellement communiquées *aux intéressés*, à faire condamner mon discours d'abord, puis l'Institut comme coupable d'enseignement pernicieux.

Sur de faux exposés de faits, que je trouve reproduits dans la circulaire au clergé du 16 Juillet 1869—mais l'on n'a pas jugé à propos de communiquer cette partie au public qu'elle aurait trop vivement éclairé sur la rectitude d'intention et de jugement de Sa Grandeur—Elle a persuadé aux membres de l'inquisition que l'Institut enseignait officiellement les opinions exprimées dans mon discours.

Voici la partie de la circulaire que l'on n'a pas rendue publique ici :

......« Ce livre, (l'Annuaire pour « 1868) est regardé et traité avec raison « comme un livre officiel et authenti- « que de l'Institut-Canadien. Les ac- « tes qui y sont consignés sont passés « constitutionnellement. L'assemblée « était régulière. ayant été convoquée « et tenue conformément à la consti- « tution et aux règlements. Elle était « présidée par le Président qui en a « fait l'ouverture selon les formes

« ordinaires. et en adressant la parole « aux membres présents. Les comptes « de l'Institut y ont été présentés et « acceptés en la manière ordinaire. « Les orateurs qui ont adressé la pa- « role à l'assemblée y avaient été in- « vités par qui de droit. et c'est le Pré- « sident qui les a présentés lui-même « à l'assistance. Les discours qui ont « été prononcés dans cette assemblée « ont été vivement applaudis. par con- « séquent. formellement approuvés « par les membres présents de l'Insti- « tut. Les mauvaises doctrines ensei- « gnées par ces orateurs sont donc « celles *de tout l'Institut*. Enfin ces « discours. comme tous les autres « actes de l'assemblée ont été livrés à « l'impression et publiés sous la direc- « tion du comité de régie. chargé de « représenter l'Institut tout entier « pour l'expédition des affaires cou- « rantes. Aucun des membres de « l'Institut n'a réclamé ni contre les « actes ni contre les mauvaises doc- « trines contenues dans cet *annuaire*. « c'est donc que tous les membres les « approuvaient. »

Voilà les étranges raisonnements au moyen desquels Sa Grandeur a persuadé aux membres de l'Inquisition que l'Institut avait un enseignement et que l'*Annuaire* promulguait cet enseignement. Il faut avouer qu'il fallait être singulièrement prédisposé à tout accepter pour regarder de pareils raisonnements comme sérieux. Tout cela ne supporte pas l'examen pour un homme qui comprend quelque chose à une procédure. et il y a là des déductions qui peuvent faire rire un enfant.

Ainsi quand Sa Grandeur peut se résoudre à tracer de sa plume les choses que voici : « Les discours ont été applaudis par les membres *pré- sents* ; les mauvaises doctrines ensei- gnées par ces orateurs sont donc cel- les *de tout l'Institut* ; » et quand on sait de plus. ce que Sa Grandeur n'igno- rait certes pas. que cette réunion était publique. contenant dix personnes étrangères à l'Institut pour un de ses membres. on ne sait vraiment si l'on

---

(1) Expressions de l'Annonce du 18 Janvier 1863.

doit s'indigner ou prendre en pitié l'auteur de cette ineffabilité.

Puisque c'était une assemblée *publique*, l'Institut comme corps n'était plus responsable des applaudissements et aucun homme réfléchi n'en pouvait déduire un argument contre le corps.

Et quand Sa Grandeur limite elle-même les applaudissements aux membres *présents*, elle fait donc une distinction entre la totalité des membres et ceux qui se trouvaient là. Sa conclusion : « ces doctrines sont donc celles de tout l'Institut, » est donc détruite par la prémisse qu'*elle pose elle-même* ! « Les membres *présents* » n'étaient pas *tous* les membres ! Réellement il faut être bien aveuglé par le préjugé, ou bien incapable de raisonner juste. pour écrire tout au long un raisonnement de ce calibre !

Et il y a de plus le fait que dans tout cet extrait, Sa Grandeur cherche à faire croire que l'assemblée était une réunion *ordinaire* de l'Institut, pendant qu'elle savait par les avis publiés que c'était une réunion *extraordinaire*, où les étrangers étaient invités. Donc les applaudissements ne signifiaient plus rien contre l'Institut comme corps : donc ces applaudissements ne témoignaient nullement de l'enseignement de l'Institut, ni même des opinions des membres ; donc Sa Grandeur a fait là un assertion fausse en fait d'abord, et dont-elle a tiré des déductions fausses en droit.

Quant à toutes ces déductions si péniblement élaborées de la régularité de la convocation, de la présidence du Président qui adresse *lui même* la parole ; de la présentation des orateurs par le Président etc., etc., etc., tout cela ne signifie absolument rien de ce que Sa Grandeur a voulu y voir au point de vue de la responsabilité du corps.

Prenons un exemple qui sera péremptoire.

M. Pouchet a soutenu à l'Académie française la doctrine de la *génération spontanée*, et y a lu de nombreux mémoires au soutien de son opinion.

M. Pasteur a entrepris de combattre les opinions de M. Pouchet, et a lui aussi lu plusieurs mémoires pour en démontrer la fausseté. Eh bien, qui osera jamais venir nous faire le raisonnement suivant ?

« M. Pouchet et M. Pasteur ont lu « chacun, hier, un mémoire à l'Acadé- « mie, le premier pour, le second « contre, la doctrine de la génération « spontanée. L'Assemblée était prési- « dée par le Président qui *a parlé* et « présenté les orateurs à la séance en « annonçant l'objet des mémoires « qu'ils allaient lire. Divers membres « présents ont applaudi les lecteurs..... « Donc les idées de ces Messieurs sont « celles de *toute l'Académie ;* donc elle « enseigne ce qu'ils ont dit. »

Mais dans ce cas l'Académie aurait donc enseigné deux doctrines contradictoires ! Les idées de *toute l'Académie* signifieraient donc en même temps le *oui et le non.*

Cela démontre donc que l'Académie n'a jamais enseigné les idées d'aucun de ces Messieurs, non plus que celles des savants qui lui communiquent leurs théories ou leurs découvertes. Et cela démontre nécessairement aussi que l'Institut m'entend jamais enseigner ce que peuvent dire devant lui les orateurs qu'il invite à traiter un sujet quelconque. Un corps public peut permettre à certaines opinions de se faire jour dans son sein, mais cela n'implique jamais à moins d'approbation *officiellement exprimée* qu'il leur donne sa sanction comme corps. Voilà des choses simples, évidentes pour un enfant ! Comment donc un Evêque ne les a-t-il pas vues ? Comment a-t-il pu si peu réfléchir avant d'écrire ? Comment peut-il ignorer ce que tout le monde sait : que la responsabilité d'un corps public n'est jamais engagée par son silence, mais *seulement par un acte officiel,* seul moyen pour lui d'exprimer son approbation ou sa désapprobation.

Et puis, comment un raisonnement qui serait souverainement ridicule. appliqué à l'Académie française ou à tout autre corps scientifique ou littéraire, peut-il être raisonnable et sensé par rapport à nous ?

Comment a-t-on pu, à Rome, avaler

d'aussi inadmissibles déductions, et regarder le tout comme certainement vrai et juste sans nous en parler ?

Comprenez vous maintenant pour quoi l'on a tout arrangé de manière à ce que nous ne puissions pas nous défendre ? Si l'on nous avait communiqué toute la puissante logique de Mgr. de Montréal contre l'Institut, on l'aurait mis dans l'impossibilité de dire un mot dans une confrontation avec des hommes sérieux. On a donc tenu toute sa profonde rhétorique *secrète*, nous condamnant loyalement sur des affirmations fausses et des déductions dont l'ineffabilité saute aux yeux.

Et si l'on veut me prendre à partie sur l'expression « d'affirmation fausse » dont je viens de me servir, je citerai tout simplement ce passage de l'extrait cité plus haut : « que les discours, et « tous les autres actes de l'assemblée ont « été livrés à l'impression et publiés « sous la direction du comité de régie. »

Sa Grandeur a ici pris le fait *probable* pour le fait certain. Il n'y a rien de bien étonnant à ce qu'elle ait cru que l'*Annuaire* avait été imprimé et publié par et sous la direction du comité de régie, car la chose était naturelle et probable en soi. Mais voilà précisément ce qui montre combien, en affaires litigieuses, on doit toujours être sur ses gardes, surtout quand on est constitué en autorité. Là, les hommes prudents n'acceptent jamais pour acquis *ce qui n'est pas prouvé* ; et si Sa Grandeur avait agi d'après cette simple règle de justice, elle n'aurait pas affirmé, peut-être sans le savoir, une chose fausse en elle-même. Ce n'est pas le comité de régie qui a fait l'*Annuaire* de 1868, ni aucun des autres. Jamais les fonds de l'Institut n'ont été employés à cela. L'Annuaire de 1868 a été publié par une entreprise particulière, complètement en dehors et indépendante de l'Institut. Voilà encore l'un des faits *controuvés* qui ont servi à nous faire condamner, et que nous aurions démontré être inexact si l'on nous eût permis de présenter une défense.

Mais non, il fallait condamner à tout prix, et quand on ne prévient pas un homme qu'il est accusé, on est bien sûr de le condamner ; et c'est justement parce qu'on veut le condamner qu'on ne lui donne aucun avis.

L'Inquisition a donc, sur de fausses représentations de faits, et sur de fausses déductions de faits les uns réels les autres imaginaires, condamné l'Institut comme coupable d'enseignement pernicieux.

Des juges laïcs auraient dit à l'Institut : « Voilà ce dont on vous accuse, défendez-vous s'il y a lieu. »

Des juges ecclésiastiques ont fait tout le contraire et ont dit :

« Ah ! l'Institut Canadien est accusé ! Eh bien, hâtons-nous de le condamner avant qu'il n'en entende parler. » Voilà la différence entre les deux justices. Mais par exemple, quant à la question de savoir si un catholique peut ou non appartenir à une association qui possède des *livres à l'index*, ON N'EN SOUFFLE PAS MOT ! C'était là la vraie question portée en appel par les membres catholiques de l'Institut. Eh bien, on envoie les appelants aux calendes grecques avec leur question ; et pour faire croire aux simples qu'ils sont condamnés, on condamne le corps sur une autre question sans lui donner aucun avis préalable !

Et quoiqu'il n'en fût pas question dans le décret, les impudents scribes qui rédigeaient le *Nouveau Monde* n'en sont pas moins venus dire : « L'appel est décidé contre l'Institut. »

Eh bien de deux choses l'une : ou l'on croyait vraiment la question d'appel décidée, et alors on n'a absolument rien compris à ce que l'on a lu ; ou bien on ne le croyait pas, et alors on trompait en pleine préméditation ses lecteurs et le public. Il n'y a donc pas de milieu. *Sots ou fourbes !!* Et un *impie* peut bien dire *l'un ou l'autre* puisque la sainte *Minerve* elle-même est occupée depuis deux mois à démontrer victorieusement que l'on est *l'un et l'autre !!*

Le décret de l'Inquisition est du 7 Juillet 1869, communiqué à Mgr. de Montréal le 14.

Quatorze mois après on se décide à mettre une dernière fois le nez à la fenêtre et on me fait transmettre par l'Archevêché de Québec la lettre que je vais maintenant vous lire, ainsi que ma réponse.

Cette dernière lettre met le comble à tout, puisqu'on y commet l'inconcevable étourderie—c'est le mot, il n'y en a pas d'autre, quoiqu'il s'agisse d'un Cardinal —de me reprocher de ne m'être pas soumis à une décision que *l'on sait bien n'avoir pas voulu donner*, parce qu'on ne pouvait la donner qu'en condamnant l'Evêque qui veut faire ici ce qu'on ne fait nulle part: et aussi parceque, quoique l'on admît privement ses torts, on voulait faire croire au public que c'étaient *nous seuls* qui avions tort. Voilà comme un appel à Rome peut quelquefois se résumer en une pure et complète mystification à l'adresse de ceux qui y vont demander justice! Si l'intérêt de la domination hiérarchique l'exige, on envoie se promener la justice, et l'on ruse avec les faits pour débarrasser les supérieurs de leurs torts et en affubler loyalement ceux que l'on n'a pas osé condamner sur la seule et vraie question portée à Rome.

Voici donc la lettre du Cardinal Barnabo, (traduite de l'italien.)

R. P. D. Francisco Baillargeon.

Archevêque de Québec.

Très Illustre et Rvérend Monsieur,

Une congrégation de la Sainte et Souveraine Inquisition, tenue le 13 Août dernier, ayant considéré la longue et importune question relative à l'Institut Canadien, a cru devoir me donner instruction de vous communiquer ce qui suit :

D'abord, la dite congrégation a décidé qu'après en avoir référé aux Evêques de Montréal et des Trois-Rivières, (auparavant d'Anthédon) vous signifiez nettement à M. Dessaulles que sa manière d'agir ne peut en aucune manière être approuvée. Car alors qu'il en appelait au St. Siège sur des plaintes plusieurs fois exprimées contre les ordonnances de son Evêque propre, se déclarant prêt à recevoir avec respect les ordres du St. Siège, il a néanmoins inséré dans un certain annuaire certains écrits qui sont en contradiction manifeste avec sa déclaration et ses promesses. Car le dit annuaire fourmille de telles erreurs qu'il a été jugé qu'il devait être défendu tant par le droit que sur son propre mérite.

Il sera aussi de votre devoir, très illustre et révérend Monsieur, de déclarer au dit Dessaulles que par cette communication que vous allez lui faire, le St. Siège entend que la question sur laquelle il en a appelé soit regardée comme définie pour toujours.

Et si nonobstant cette déclaration, il veut encore porter ici des plaintes à propos de la même affaire, avertissez-le que le St. Siège n'y fera aucune attention et qu'on ne lui donnera aucune réponse.

Veuillez de plus lui signifier que s'il écrit de nouveau sur les mêmes sujets, ou sur d'autres de la même teneur qu'il a rendus public, et s'il a la hardiesse de faire imprimer ces choses, vous lui refuserez toute réponse sur cette question déjà décidée par le Siège apostolique.

Enfin faites savoir au dit Dessaulles que le St Siège est persuadé que l'Institut Canadien, tant à cause des matières que l'on y traite que des principes que l'on y exprime, principes qui méritent une entière réprobation, a renoncé au but primitif de sa fondation.

Ayant informé Votre Grandeur de ces choses, je demande à Dieu d'assurer son bonheur.

A Rome, au bureau de la sacrée congrégation de la Propagande, le 23 Septembre 1870.

Signé : Al. C. Barnabo,
Préfet.

Contre-signé : Joannes Simeoni.
Secrétaire.

Pour vraie copie F. P. Têtu,
Sous-secrétaire.

Voici maintenant ma réponse :

A Son Eminence l'Illustrissime et Révérendissime Cardinal Barnabo, Préfet de la sacrée congrégation de la Propagande à Rome.

Montréal, 10 mars 1871.

Eminence,

Diverses circonstances, ainsi que des occupations pressantes et multipliées, m'ont empêché d'adresser plutôt à V. Em. les observations que paraissaient nécessiter la lettre à mon sujet, en date du 22 septembre de l'année dernière, qu'elle a écrite à feu Mgr. l'Archevêque de Québec, et dont copie m'a été transmise le 24 Oct. suivant par Mess. les Administrateurs du Diocèse, après la mort de l'Archevêque.

Comme le sens exact de la lettre de Votre Eminence était parfois un peu difficile à saisir, vu le manque à peu près complet de ponctuation, j'avais cru pouvoir prier Mess. les Administrateurs de vouloir bien m'en faire tenir une traduction française afin de ne pas être exposé à me méprendre sur ce que V. Em. me faisait l'honneur de me dire. Mais, à ma grande surprise, on me répondit sèchement que la mission de l'Archevêché *se trouvait accomplie* par la transmission du document, et que l'on ne jugeait pas à propos de m'en faire tenir la traduction demandée, qui n'aurait pas, disait on, un caractère authentique.

J'avoue que ce singulier accueil fait à une aussi légitime demande me parut être un très singulier mode d'exercer cette charité pastorale dont nous entendons si souvent parler. Mais je vis qu'après tout ce n'était que la continuation de la tactique que l'on a réussi, au moyen de représentations que je ne veux pas qualifier ici, à faire adopter à Rome aussi. Il me fallut donc me passer de la traduction demandée.

Je vois bien, par la lettre de V. Em., qu'elle me fait prévenir que si j'écris de nouveau, *l'on ne me répondra plus*. Je puis sans doute être importun, d'autant plus que la plus grande de toutes les importunités est de réclamer énergiquement justice de celui qui la refuse ;

mais je n'en suis pas moins obligé de remarquer à V. Em. que cette abrupte manière de terminer un débat que l'on n'a pas voulu juger dans les formes ordinaire de la justice, refusant de confronter les parties, ce qui nous eût au moins fourni l'occasion de démontrer la fausseté des accusations que Mgr. de Montréal a portées contre nous ; que cette abrupte manière dis-je, de terminer un débat de cette importance, est une trop évidente violation de toutes les règles de la justice et des prescriptions canoniques pour qu'un homme un peu rompu aux affaires et qui connaît ses droits comme les devoirs des supérieurs ecclésiastiques, se croie le moins du monde lié en équité ou en convenances sociales par une pareille fin de non-recevoir. Je ne puis sans doute pas plus forcer V. Em. à me répondre qu'à nous rendre justice, ou à nous entendre avant de nous condamner, ou à se mettre bien au fait des questions avant d'en parler ; mais je n'en ai que davantage le droit de protester contre l'injustice dont ce refus même de répondre semble établir si fortement la présomption. Et quand un juge ecclésiastique se débarasse aussi lestement de ce que nous avions la bonhomie de regarder comme un devoir, il n'en devient que plus nécessaire de constater le fait aux yeux du monde entier s'il le faut. Et j'oserai me permettre d'ajouter que je ne suis pas de ceux qui croient devoir se soumettre en silence parceque l'injustice vient de haut : car je pense au contraire que plus celui qui tombe dans l'arbitraire est élevé en dignité, plus le devoir devient impérieux de protester contre ses actes.

La lettre de V. Em. à l'Archevêque de Québec à mon sujet n'est que la continuation de ce regrettable système de confusion calculée des personnes qui a fait le fond et la forme de la tactique adoptée à Rome sur la question de l'Institut.

Dans le décret de l'Inquisition en date du 7 Juillet 1869, et communiqué à Mgr. de Montréal le 14 du même mois par Mgr. Simeoni, on mêle de la plus singulière manière pour ceux qui savent ce que c'est qu'une procédure régulière et unjugement,la question portée en appel à Rome par quelques membres de l'Institut en leur capacité privée, avec une autre question toute différente et postérieure de quatre ans à cet appel, celle de l'Annuaire de l'Institut pour 1868. Comment on a pu, à propos de la question soulevée en appel par quelques membres catholiques de l'Institut introduire dans le décret cette nouvelle question des principes exprimés dans l'Annuaire, (et dont on rend l'Institut responsable sans s'être seulement donné la peine de l'informer qu'il fût mis en cause et accusé d'enseigner des doctrines pernicieuses quand il n'a aucune espèce d'enseignement quelconque) voilà ce qui paraîtra toujours le plus incompréhensible mystère à ceux qui savent ce que c'est que le droit et la procédure.

Sur une information intéressée et *fausse*, on rend l'Institut responsable de ce que j'ai dit sans se mettre le moins du monde en peine de savoir s'il l'est réellement ou non, (1) et s'il n'aurait pas quelque chose à dire en réponse à cette accusation ; et l'on profite de cette nouvelle question suscitée dans l'ombre contre l'Institut pour mettre complètement de côté la question soulevée par les catholiques de l'Institut en leur capacité privée, question dont on ne dit absolument rien dans un jugement dont le préambule semble bien indiquer qu'on va la régler puisqu'il constate qu'elle a été *soumise à l'examen*. Il y a donc eu, quoiqu'on en puisse dire, substitution intentionnelle d'une question à une autre, substitution dont l'effet a été de ne pas décider du tout la vraie question portée en appel pour juger une nouvelle question et une nouvelle partie accusée en l'absence et hors la connaissance de l'intéressé.

Voilà l'incroyable *imbroglio* organisé à notre préjudice dans une cour ecclésiastique, et dont nous n'avons vu avec stupeur le développement que quand

tout eût été bien arrangé et complété pour rendre toute réclamation illusoire.

J'ai montré, dans le mémoire en date du 12 octobre 1869, par quel étrange et inadmissible procédé de raisonnement, et par quel faux exposé de faits, Mgr de Montréal avait essayé de faire remonter à l'Institut la responsabilité de mes opinions—que l'on prétend être perverses sans montrer où et en quoi elles sont condamnables—et je n'y reviendrai pas. Je ne veux que rappeler ici l'étrange confusion de questions et de personnes que l'on a faite dans le décret précité ; et à ma grande surprise je retrouve encore la même confusion de questions et de personnes dans la lettre de V. Em.

Elle commence cette lettre par une allusion à la « longue et importante question de l'Institut » qu'elle laisse de suite complètement de côté pour arriver à moi personnellement et me faire faire des reproches non-seulement injustes mais qui prouvent que l'on a complètement réussi à faire prendre à V. Em. une chose pour une autre.

Il est difficile de croire que cette confusion réitérée de choses essentiellement différentes soit due à la simple inadvertance. Il est assez connu que l'on ne fait rien sans but à Rome, et comme il n'est guère permis de supposer que l'on y soit plus inhabile qu'ailleurs, il semble évident que quand on y confond plusieurs fois les personnes, et qu'on y mêle les unes avec les autres les questions les plus diverses, on ne peut guère avoir d'autre but que de fatiguer et harasser ceux qui demandent justice, en même temps que l'on déroute les simples qui ne sont pas en état de préciser les questions ni de voir *par eux mêmes* où la violation des règles commence.

Comme nous avons, mes amis et moi, une certaine expérience des affaires, nous ne pouvons nous laisser dérouter par cette tactique. Plusieurs d'entre eux sont des avocats et des légistes qui ont su se faire une belle position au barreau, qui sont liés conséquemment avec l'administration de

____

(1) Comme si l'Académie des sciences était responsable comme corps, des opinions sur toutes sortes de sujets qui s'expriment dans son sein ou à ses séances publiques !

la justice, et qui possèdent des connaissances légales qui leur permettent de juger pertinemment d'une procédure. Je suis moi-même depuis plusieurs années le principal officier de la plus haute cour de justice du pays, et j'ai puisé dans cette position quelques connaissances théoriques et pratiques sur les principes fondamentaux de la justice et du droit, ainsi que sur la protection qui est due à un accusé absent. Il est vrai que nous avons tous puisé nos connaissances et nos notions de justice et de pratique légale dans des auteurs laïcs et dans des cours laïques ; mais comme il ne saurait y avoir deux modes contradictoires d'administrer honnêtement la justice, il est évident *per se* que si une cour ecclésiastique condamne par exemple un absent sans l'avoir sommé de venir se défendre, cette cour, tout ecclésiastique qu'elle soit, a violé toutes les règles de la justice et du droit, ainsi que les plus étroites obligations de conscience ; et aussi que si elle a confondu des questions essentiellement différentes pour éluder une décision demandée, et pour condamner une nouvelle partie légale que l'on a mise en cause sans l'en prévenir, cette cour a encore là violé toutes les règles de la procédure, même ecclésiastique. Elle a donc fait de l'arbitraire au lieu d'exercer la justice.

Et voilà précisément ce qui est arrivé à notre égard. On a confondu des questions essentiellement différentes, on a attribué à l'un ce qui était exclusivement le fait de l'autre ; on a déplacé les responsabilités, accueilli des dénonciations *secrètes*, (faites par un Evêque sans doute, mais qui n'en étaient pas moins *secrètes* puisque les intéressés n'en ont jamais eu la moindre communication) on a adroitement mêlé à notre appel des questions qui n'ont surgi que quatre ans plus tard, et tout cela pour venir dire que la question de l'Institut « était réglée. » Et, chose étrange, le décret même qui l'on prétend avoir réglé cette questson n'en dit absolument pas un mot ! Il y fait bien allusion sans doute, mais cette allusion ne fait que rendre plus palpable l'intention bien arrêtée de ne pas la régler, puisque, malgré cette allusion, on n'y revient pas pour la décider ; et puisque le décret, malgré cette allusion à la vraie question, passe lestement à une nouvelle question complètement différente de la première et sur laquelle on condamne une partie différente des appelants sans l'avoir jamais mise en demeure de se défendre !

Voilà l'expérience que nous avons faite de la justice romaine !

Or ce n'est pas parceque l'on me signifie que l'on ne me répondra pas que je dois m'abstenir de rétablir les faits tels qu'ils sont et les questions dans leur intégrité. Je comprends très bien, après l'espèce de justice que l'on nous a fait subir, que l'on apperçoive parfaitement l'impossibilité de maintenir rationnellement la position que l'on s'est faite ; mais de ce que l'on se retranche dans le mutisme après avoir fait de l'arbitraire, il ne suit pas que les victimes de cet arbitraire soient tenues de l'accepter sans protestation.

Au reste il ne faut pas avoir lu beaucoup d'histoire ecclésiastique pour savoir ce que les plus grands saints et les plus illustres écrivains de l'Eglise ont écrit de tout temps sur la justice romaine et l'inutilité habituelle des recours à Rome. Et je vois par moi-même aujourd'hui combien étaient justes les sévères reproches que Mgr. Strossmayer adressait naguère en plein Concile à la Curie romaine sur son inefficacité Quand des Evêques protestent aussi énergiquement en pareil lieu contre les imperfections du système et l'incompétence de ceux qui l'administrent, comment pourrions-nous maintenant le regarder comme offrant les garanties voulues et méritant la confiance publique ?

Nous n'avons pas été jugés, à Rome, dans les formes voulues même par le droit canonique, qui exige qu'un accusé soit toujours entendu, et le premier écolier venu sait que cela équivaut à n'avoir pas été jugé du tout. De même les censures de Mgr. de Montréal contre les membres catholiques de l'Institut n'ont pas non plus été portées dans les formes voulues, fait que nous pouvions clairement établir si l'on nous eût permis d'offrir nos preuves. De ce que l'on nous a fait l'injustice de ne pas nous permettre de prouver nos allégués, il ne suit pas que les faits soient modifiés, la nature des choses changée, et les censures régulières. Quand le juge n'a pas voulu connaître les faits de la cause, et qu'il s'est obstiné à juger sans en étudier l'ensemble, à lui la responsabilité ; mais ce qui est injuste n'en devient pas juste et licite. Quoi ! Mgr. de Montréal, après avoir refusé d'indiquer les livres à l'index de la bibliothèque, maintient ses censures parceque nous ne les retranchons pas !! Et cela quand il n'inquiète pas les catholiques membres d'associations protestantes qui possèdent plus de livres à *l'index* que nous ! Voilà donc un homme qui manque à son devoir d'Evêque ainsi qu'à la plus commune impartialité, et les éloges sont toujours pour lui ! Ces choses sont représentées, et l'on n'en tient pas plus de compte que si elles n'avaient jamais été dites ! Qui osera jamais prétendre qu'il pût légitimement maintenir ses censures après avoir *refusé* d'indiquer les livres à *l'index ?*

Où est le juge laïc, sous un système judiciaire bien organisé, qui oserait jamais condamner un subordonné pour n'avoir pas rempli un devoir que le supérieur aurait refusé de lui indiquer ou de lui définir ?

Tout le monde ici sent et voit parfaitement qu'avec un autre homme que Mgr. de Montréal jamais les choses n'eussent été poussées aussi loin, et que, quand il n'y sera plus, tout s'arrangera en un quart d'heure.

Nous attendrons donc qu'il nous vienne un homme capable de comprendre les droits des autres, et qui ne se laisse pas aveugler sur ses propres devoirs par des préventions opiniâtres qui n'ont leur explication, je regrette d'être obligé de le dire ici, que dans le manque de lumières.

Votre Eminence trouvera peut-être que c'est manquer aux habitudes ordinaires de déférence envers les supérieurs que de s'exprimer ainsi ; mais il est des circonstances où l'on ne peut plus éviter de dire toute la vérité quelque pénible qu'elle soit. Et d'ailleurs, Mgr. de Montréal a toujours été tellement injuste au fond et acerbe dans l'expression à notre égard et particulièrement vis-à-vis de moi, (ce dont Votre Eminence a pu se convaincre par l'*Annonce* pastorale que j'ai eu l'honneur de lui transmettre il a six ans, mais dont je n'ai plus entendu parler depuis) que je ne vois réellement pas pourquoi je serais si fort tenu de menager des vérités qui, pour être dures, *n'en soit pas moins des vérités.* Car enfin je ne fais que retracer plus loin les appréciations même des plus hauts dignitaires de la cour de Rome sur Sa Grandeur.

L'un d'eux ne disait-il pas à l'un de mes amis, qui se trouvait à Rome il y a deux ans et qui avait amicalement discuté avec lui précisément cette question de l'Institut : « Que voulez-vous ? Mgr de Montréal aime bien le bon Dieu de tout son cœur, mais il manque sans doute un peu de lumières.»

Et un autre dignitaire de la Cour de Rome, Cardinal, ne disait-il pas de son côté, en Avril 1869, après un entretien avec Mgr de Montréal sur cette grave question du Séminaire de St. Sulpice, qu'il trouvait Sa Grandeur : « *parvi ingenii et nulli criterii.* » (1)

Eh bien, quand un homme est ainsi jugé à Rome même, n'aurait-on pas pu au moins soupçonner qu'il a pu se tromper ? Les faits de partialité et d'aveugle obstination que nous avons cités dans nos mémoires n'auraient ils pas pu faire songer qu'il était au moins à propos de nous entendre et d'écouter nos preuves avant de nous condamner sur des accusations nouvelles et en mettant de côté l'ancienne question que l'on n'a pas jugée ?

Et si j'en crois certaines informations que j'ai eues et que je crois très sûres, V. Em. elle-même me parait aussi avoir apprécié, avec ce tour spirituel qui la caractérise, Mgr. de Montréal.

---

(1) Petite intelligence et aucun discernement.

Il se dit ici, par des catholiques dévoués à la Cour de Rome, et la chose a été répétée par des prêtres, que V. Em. répondant un jour à un voyageur canadien qui lui faisait l'observation que Mgr. de Montréal était un bien saint homme, lui aurait dit : « Je « vous avouerai franchement, cher M. « X.........que j'aime bien mieux les « saints morts que vivants ; car, vivants, « ce sont ordinairement les gens les « plus impraticables que je connaisse. »

Je puis affirmer à V. Em. que jamais mot plus spirituel n'a été plus judicieusement appliqué.

Mgr. de Montréal est incontestablement un homme d'une haute piété, qui mène une vie particulièrement austère, qui s'impose un travail absolument excessif, et qui se refuse rigoureusement ces petites jouissances de récréation ou de repos qui sont non-seulement permises, mais que l'on regarde comme nécessaires à la santé ; mais c'est en même temps un homme qui, sur quelque sujet que ce soit, n'écoute aucunes représentations, reste sourd à toute remontrance, et ne sait pas céder aux meilleures raisons. Quand il a décidé une chose, même sur étude ou examen insuffisant d'une question, ce qui lui arrive trop souvent, rien, absolument rien, ne peut l'en faire revenir. Il s'obstine contre les faits les plus patents, et cette malheureuse disposition chez lui n'a fait que s'aggraver avec l'âge. Il n'y a qu'une voix, même dans son clergé, sur le fait de son opiniâtreté invincible et sur son intraitabilité. C'est vraiment le plus impraticable des saints vivants.

Eh bien, puisque V. Em. s'en est aperçu, il semble qu'elle aurait pu regarder comme absolument possible la commission de quelqu'erreur de jugement par un homme que l'on a jugé comme on vient de le voir, et qui a suscité ici de si nombreuses plaintes sur l'impossibilité absolue que ceux qui l'approchent de plus près trouvent à lui faire entendre raison sur quoique ce soit.

Ne s'obstine-t-il pas aujourd'hui même, malgré l'opposition de toute la population catholique de Montréal, l'opposition décidée de tout le clergé du Diocèse, le regret formellement exprimé de quelques uns de ses collègues, à construire sa cathédrale en plein centre de la population protestante et à l'extrémité de la ville opposée à celle où est le noyau de la population catholique ?

Tout a été tenté pour empêcher la consommation de cette faute, mais quoique SEUL DE SON AVIS, il persiste à heurter l'opinion de ses collègues, de son clergé, de ses amis et de son troupeau, et à commettre un acte qui lui sera toujours reproché.

Tout cela nous fait naturellement nous demander : « Comment se fait-il que l'on accepte ainsi sans examen, sans discussion, sans jamais songer à en référer aux intéressés, tout ce qu'il plaît à un homme prévenu, et opiniâtre dans ses préventions, d'affirmer sur le compte d'autrui, quand on admet si volontiers, dans l'intimité, son incompétence et ses erreurs de jugement. »

Voici un autre fait, plus direct encore à la question, qui démontre ce que je viens de dire.

Un prélat romain disait à l'un de nous, appelants, à Rome, en Décembre 1869 :

« Vous comprenez que nous ne pouvons condamner publiquement Mgr. de Montréal. Trouvez donc quelque moyen terme qui permette d'en venir à un arrangement »

Voilà un mot qui prouve assez clairement que si l'on ne voulait pas condamner *publiquement* Mgr. de Montréal, on était certes loin de lui donner raison *privément*. Ce qui semble démontrer cela encore davantage, c'est l'absence complète de décision sur la vraie question soumise par nous à Rome. Pour le sauver devant l'opinion, il a fallu ruser avec les faits et substituer adroitement, dans le décret du 7 juillet 69, une question nouvelle à l'ancienne.

Eh bien, que l'on ne veuille pas admettre *publiquement* le tort d'un supérieur ecclésiastique, cela peut à la rigueur se concevoir, quoique cela puisse fort bien ne pas être toujours de la justice consciencieuse : mais au moins, qu'après avoir parlé ainsi, l'on ne donne pas exclusivement le tort à l'administré sans dire gare et sans avoir la moindre idée de ce qu'il aurait pu prouver.

Le droit canonique n'établit certainement nulle part que l'on doive refuser justice à qui elle est due plutôt que de donner publiquement le tort à un Evêque qui s'est trompé. V. Em. doit sentir, sans que je le développe ici, quel effet cette espèce de justice doit produire sur des hommes arrivés à l'âge mûr, qui ont quelque peu d'étude et d'expérience des affaires, et qui n'ont pas été de longue main façonnés à l'obéissance monacale.

Cette manière de proposer la solution d'un litige aussi important : « Nous ne donnerons pas *publiquement* le tort à Mgr. de Montréal, et c'est à vous, plaignant, à trouver quelque moyen terme qui le sauve devant l'opinion ; » cette adroite manière, dis-je de refuser justice à ceux qui se plaignent, a semblé aussi extraordinaire qu'elle était nouvelle à des gens qui vivent dans un pays où les tribunaux sont organisés sur un principe d'impartialité complète, et où les privilèges hiérarchiques ne sont rien *devant le droit du plus humble*. Il ne nous était pas venu à l'idée qu'il pût s'agir de *moyen terme* là où il fallait tout simplement s'enquérir si quelqu'un se trompait et le déclarer de bonne foi après audition des parties. Et non-seulement on ne s'est pas *enquis*, puisqu'on a accepté les yeux fermés tout ce qu'il a plu à l'Evêque de dire d'inexact à notre détriment sans jamais nous donner l'occasion de repousser ses injustes accusations ; mais quand nous avons eu soumis le *moyen terme* demandé—qui a paru satisfaire celui qui nous le demandait, et qui ne faisait absolument que reconnaître pour nous ce qui est de pratique universelle : *ne pas inquiéter* le membre d'une association d'étude qui possède des livres à *l'index*,—quand nous avons eu soumis, dis-je, le moyen terme demandé, une influence *secrète* est survenue qui à étouffé le tout sous prétexte de *chose*

jugée, quand le prétendu jugement *ne disait pas un mot de cette question*.

Votre Em. ne doit pas être étonnée si, à la suite de faits aussi étranges nous ne pouvons nous empêcher de comparer la justice *laïque* que nous trouverions ici à la justice ecclésiastique que l'on nous a fait subir à Rome et ici. On nous a beaucoup dit qu'à Rome nous avions pour garantie *la conscience des juges*, et voilà que pratiquement nous n'y avons trouvé que l'arbitraire sous sa pire forme : le déni de justice adroitement voilé dans un prétendu jugement assez habilement rédigé pour ne pas dire un mot *de la question à juger* !

Si l'homme le plus humble, sous notre système judiciaire, était condamné par un tribunal quelconque sans avoir été mis en demeure de se défendre, et sans avoir eu l'occasion pleine et entière de plaider sa cause et d'offrir ses preuves, il n'y aurait qu'un cri, d'un bout du pays à l'autre, contre la prévarication du tribunal. Qu'a-t-on fait autre chose à notre égard ? Les appelants n'ont jamais été admis à faire leur preuve, et l'Institut comme corps, accusé sur une question entièrement différente de celle de l'appel porté à Rome par quelques membres de l'Institut en leur capacité privée, n'a jamais eu la moindre intimation que l'on eût changé la question de terrain et de personnes, et a appris sa condamnation *sur une chose qu'il n'a jamais faite avant de savoir qu'il en eût été accusé !*

Sous notre système judiciaire, une sentence *exparte*, sans citation régulière de l'accusé dans toutes les formes et avec tous les délais voulus pour qu'il ne puisse jamais prétexter de surprise, est non-seulement une iniquité, mais elle est de fait *une impossibilité*. Je sais bien qu'en droit canonique aussi c'est une iniquité, mais je comprends parfaitement qu'avec les habitudes de procédure des tribunaux ecclésiastiques, loin d'être une impossibilité, la condamnation d'un accusé sans être entendu soit d'occurrence journalière. Or la qualité du juge ne rend certainement pas licite ce qui est inique.

Votre Em. me fait informer par Mgr l'Archevêque de Québec : « Que le St. Siége a entendu décider pour toujours la question sur laquelle *j'ai cru* devoir interjetter l'appel, » et me fait signifier de plus : « qu'ayant interjetté l'appel, je devais me soumettre à la décision donnée. »

Votre Em. parait complètement oublier ici que cet appel n'a pas été interjeté par moi seulement, mais par dix-sept membres de l'Institut ; et en ne faisant mention que de moi dans sa lettre, V. Em. tombe encore dans cette singulière tactique de ne pas présenter les faits tels qu'ils sont.

Quand à l'affirmation que celui qui sollicite une décision est tenu de l'accepter, je l'admets sans hésiter. Je me permets seulement de demander à V. Em. où donc est cette décision à laquelle je suis tenu de me soumettre.

Quand a-t-elle été rendue ? Votre Em. entend nécessairement *une décision sur la question en appel.* Eh bien, où est elle ? Quand nous en a-t-on communiqué une ? Serait-ce le décret de l'Inquisition du 7 juillet 1869 ? Mais, dans ce décret, la question portée en appel *est écartée* au lieu d'être décidée ! Il n'en dit pas un mot !

Après avoir constaté que l'on a *soumis à l'examen* l'ancienne difficulté soulevée à l'égard de l'Institut, et que l'on a mûrement et soigneusement examiné *toutes choses,* le décret ne dit ni directement ni indirectement dans quel sens la question est décidée ! Pas un mot sur la question subséquemment à cette allusion ! Que Votre Em. veuille bien relire le décret, et elle verra que je n'avance ici que l'exacte vérité. Et il y a plus.

On n'a jamais porté à notre connaissance aucun autre décret que celui de l'inquisition en date du 7 juillet 1869. Celui de l'*Index* n'a évidemment aucun trait à la question. Et c'est postérieurement au décret du 7 juillet 1869, que V. Em. affirme décider la question en appel quoiqu'il n'en dise pas un mot, que le prélat romain dont je parlais il y a un instant, *officier de l'Inquisition,* demandait à l'un de nous qui a signé l'appel, *la suggestion d'un moyen terme* qui pût amener un arrangement sans condamner *publiquement* Mgr. de Montréal ! Voilà donc un officier même de l'Inquisition qui regarde la question en appel comme *non décidée* par le décret du 7 juillet 69.

Et en effet, comment une question dont un décret ne dit pas un mot dans un sens ni dans un autre peut-elle être regardée comme décidée ?

Nous avons bien un peu le droit de représenter respectueusement que nous ne sommes pas des enfants ; que quand on nous dit une chose erronée en fait nous pouvons nous en appercevoir, et que Votre Em. a été certainement induite en erreur sur le fait.

Il faut donc en venir aux faits eux mêmes. Là seulement nous retrouverons le fil qui nous fera sortir du labyrinthe où l'on semble avoir voulu nous égarer.

Quelle était vraiment la question portée en appel ? La voici, telle que définie explicitement dans ma lettre à V. Em. en date du 27 mai 1868. Je prends cette définition parcequ'elle est plus complète et mieux circonscrite que les précédentes.

Voici donc ce que je disais alors à Votre Eminence :

« J'ose donc me permettre, pour l'in
« formation de V. Em. de poser la
« question comme suit :

« L'Institut Canadien est une asso
« ciation littéraire existant en vertu
« d'une charte octroyée par le Parle-
« ment :

« Tous ses procédés sont publics :

« Les personnes de toutes croyances
« y sont admises :

« Les affaires sont administrées par-
« tie directement par la majorité des
« membres réunis en assemblée et
« partie par des directeurs élus périodi-
« quement par la majorité des mem-
« bres présents :

« Tout ce que possède l'association,
« immeubles, mobilier, livres et jour-
« naux, est la propriété *indivise* de tous
« ses membres ;

« La bibliothèque ne contient aucun
« livre obscène ou immoral, mais elle

« peut, (ou non) contenir des livres ou
« journaux philosophiques ou religieux
« dont la possession et la lecture soient
« défendues aux catholiques indivi-
« duellement. Chaque membre de l'Ins-
« titut n'a d'autre contrôle à l'égard de
« ces livres que de voter contre leur ad-
« mission ou conservation, quand la
« question est soumise à son vote,
« devant sans doute s'abstenir de les
« lire, si l'Eglise en défend la lecture.

Sur cet exposé de faits, la question soumise au St. Siége est :

« Un catholique encourt-il les cen-
« sures ecclésiastiques et le refus des
« sacrements pour le fait seul qu'il est
« membre de cette association ?

« Maintenant nous prétendons tou-
« jours jusqu'à plus ample informé que
« les faits étant tels que ci-dessus éta-
« blis, nous sommes dans le même cas
« que toutes les autres associations
« scientifiques ou littéraires du monde
« qui possèdent des livres à *l'index* (et
« le plus souvent en bien plus grand
« nombre que nous) et dont les mem-
« bres ne sont pourtant pas frappés des
« censures ecclésiastiques parceque les
« corps possèdent ces livres. »

Voilà la vraie question portée en
appel. Pourquoi ? Parceque voyant
Mgr. de Montréal ordonner le refus
des sacrements aux membres catholiques de l'Institut pour le fait seul de la
possession par le corps de livres à
l'index : et voyant d'un autre côté qu'en
France, en Allemagne, en Belgique, en
Angleterre et aux Etats-Unis, le même
fait n'était pas une raison d'exclusion
des sacrements ; que dans les provin-
ces britanniques même de l'Amérique
du Nord cette rigueur était inconnue ;
et qu'enfin dans notre ville même de
Montréal Sa Grandeur ne fesait pas inquiéter les membres catholiques d'associations protestantes qui possèdent
aussi des livres à *l'index*, il nous sem-
blait que Mgr. de Montréal se trompait
en nous imposant une règle exception-
nelle et faite pour nous seuls. Car
enfin ses prétentions vont bien loin
puisqu'il m'a dit à moi-même ce mot
navrant pour un homme d'étude, et
qui a fait rire bien des membres ins-

truits du clergé ici et aux Etats-Unis :
« Si les économistes sont à *l'index*, il
faut bien se passer des économistes ! ! »
chose un peu difficile pourtant à ceux
qui prennent part au mouvement politique d'un pays.

La question portant donc uniquement
sur le droit de l'Evêque de frapper un
catholique des censures ecclésiastiques
pour le fait seul qu'il est membre d'un
corps dont la bibliothèque contient
quelques livres à *l'index*, elle ne pouvait clairement être décidée que par
un jugement déclarant qu'un catholique *pouvait ou ne pouvait pas* appartenir à un pareil corps. A une demande
aussi nette et précise que celle citée
plus haut, il fallait une réponse *également nette et précise.*

Avons-nous eu pareille réponse ? Jamais! Le décret que l'on prétend décider la question, et où l'on devait conséquemment trouver la réponse nette
et précise que notre demande exigeait,
ne disait absolument que ce qui suit :
(J'emprunte la traduction publiée par
ordre de Mgr. de Montréal sur les journaux de cette ville.)

« Les Eminentissimes et révérendis-
« simes Inquisiteurs généraux, dans
« une congrégation générale de la
« sainte Inquisition romaine et uni-
« verselle, tenue mercredi, septième
« jour du présent mois, (1) ayant sou-
« mis à l'examen la difficulté soulevée
« depuis lontemps à l'égard de l'Insti-
« tut Canadien ; toutes choses ayant été
« mûrement et soigneusement exami-
« nées, ils ont voulu qu'il fût signifié à
« Votre Grandeur que les doctrines con-
« tenues dans un certain Annuaire
« dans lequel sont enrégistrés les actes
« du dit Institut devaient être tout-à-
« fait rejettées, et que ces doctrines, en-
« seignées par le même Institut, de-
« vaient elles-mêmes être reprouvées ! ! »

Puis on exhorte l'Evêque à éloigner
la jeunesse du susdit Institut, tant
qu'il sera bien connu que des doctrines pernicieuses y sont enseignées ; et
l'on termine par des louanges, que l'on
regrette aujourd'hui, à l'adresse de
l'Institut-Canadien Français, associa-

(1) Juillet 1869.

tion à peu près morte et enterrée, et du *Courrier de St. Hyacinthe!!* louanges qui n'ont compromis que ceux qui les ont décernées. Voilà absolument tout ce que contient ce décret que V. Em. affirme avoir réglé pour toujours une question *dont il ne parle pas* tout en faisant foi qu'elle a été mûrement et soigneusement examinée!!

On approuve aussi sans doute l'Evêque de Montréal, mais comment une approbation générale peut-elle être regardée par des hommes sérieux comme définissant une question explicite?

Voici donc ce que l'on a fait. On a écarté la question portée en appel par nous, les dix-sept membres de l'Institut, et on ne l'a pas décidée de près ni de loin. Puis on a soulevé une nouvelle question contre une nouvelle personne légale, l'Institut comme corps, (et non plus les appelants qui agissaient en leur qualité privée comme catholiques) et l'on a affirmé dans un décret solennel qu'il enseignait des doctrines pernicieuses sans l'avoir jamais informé qu'il en fût accusé!! Il a donc appris sa condamnation avant d'avoir entendu parler de l'accusation. On a, comme je l'ai dit plus haut, confondu les personnes, confondu les questions, confondu les faits, confondu les responsabilités, le tout pour éviter de donner la décision demandée et pour condamner des absents qui n'ont pu se défendre!

En un mot ce décret pourrait se résumer comme suit:

Après avoir mûrement et soigneusement examiné la question soumise par A. nous n'en dirons pas un mot; mais par exemple nous condamnons B, que l'on a mis en cause sur un autre sujet sans l'en prévenir, et qui n'est pas ici pour se défendre.»

Voilà l'iniquité,—car il n'y a pas d'autre qualification possible d'un pareil procédé— voilà l'iniquité qu'un tribunal ecclésiastique a commise à notre égard! Voilà l'expérience que nous avons faite des habitudes administratives des congrégations romaines! Et nous sommes bien forcés de nous dire que jamais pareille violation de toute

justice, de tout devoir et de toute procédure régulière n'eût pu avoir lieu devant nos tribunaux laïcs où le droit de l'accusé prime toute autre considération, et où un juge croirait forfaire à son devoir s'il ne motivait pas sa sentence au meilleur de sa connaissance et de son jugement.

Je le demande maintenant en toute loyauté à V. Em: A quoi ai-je à me soumettre? La question que j'ai posée comme l'un des appelants n'a jamais eu de solution, et nul ne sait encore ici, après six ans d'attente, si un catholique peut ou non appartenir à un corps qui possède des livres à *l'index*. La pratique universelle montre bien qu'il le peut, mais Mgr. de Montréal, dont nous connaissons l'étroitesse de vues sur cette question comme sur bien d'autres, prétend qu'il ne peut pas. Convaincus que l'on devait avoir des vues plus larges à Rome, nous y sollicitons une décision, et à notre profonde stupeur, nous voyons les illustres membres de l'Inquisition, en Juillet 1869, ruser avec les faits pour ne pas donner cette décision, et créer une nouvelle question contre un absent qu'ils condamnent sous prétexte de décider la question en appel qu'ils ne touchent pas!

Et après une suite de faits aussi extraordinaires, aussi impossibles sous tous les systèmes judiciaires organisés en vue de la justice *sérieusement impartiale*, et non pas seulement en vue des satisfactions personnelles des supérieurs qui ne peuvent pas avouer leurs torts; après des faits, dis-je, qui surprendraient même sous le gouvernement Russe, et qui démontrent irrésistiblement les habitudes invétérées d'arbitraire de la justice romaine: V. Em. me fait adresser, comme si je les méritais, des reproches sévères parceque je ne me soumets pas à une décision que je vois bien que l'on n'a pas voulu rendre! On ne l'a pas voulu puisqu'on ne fait allusion à la vraie question à régler que pour la mettre de côté et en soulever une toute nouvelle contre un absent que l'on condamne!

Je me demande en vain comment

un homme de la position et du caractère de V. Em. a pu signer une pareille lettre ! Si elle connaissait les faits, ce serait odieux ! Et si elle ne les connaissait, comment a-t-elle pu se résoudre à en parler sur ce ton ?

Comment puis-je maintenant éviter de demander à V. Em. si le fait qu'un homme de sa portée d'esprit me fait adresser une véritable semonce, conchée en termes si énergiques, parceque je ne me soumets pas à une décision *qui n'existe pas*; si ce fait prodigieux, dis-je, est bien de nature à nous inspirer une très grande confiance dans le soin que les membres de la curie romaine apportent à l'examen des questions qui leur sont soumises?

Voilà d'abord une congrégation romaine, la plus élevée en hiérarchie, l'Inquisition, qui affirme, *dans un décret solemnel*, que l'on a soumis une question à l'examen et que l'on a mûrement et soigneusement examiné *toutes choses ;* et, en fait, on y a mis un si grand soin que l'on substitue une question à une autre, un corps public à des individus, que l'on ne décide pas la question que l'on affirme avoir examinée, le tout pour condamner un absent non informé qu'on va le juger !

Et d'un autre côté je vois un Cardinal de réputation européenne, surveillant immédiat de tous les Evêchés du monde catholique, se mettre si bien au fait d'une question avant d'en parler *officiellement*, qu'il fait signifier en termes sévères à un appelant en Cour de Rome que «sa conduite est tout-à-fait répréhensible,» parcequ'il *ne s'est pas soumis* à un jugement *qu'il attend encore ! !*

Ah ! si dans ce pays, l'un des nos juges, fût-il le plus élevé de tous, pouvait jamais s'empêtrer dans un *imbroglio* comme celui que je viens de décrire ; confondre les questions et les personnes, déplacer les responsabilités, violer les droits des tiers et condamner les absents sans les sommer de comparaître, le tout pour couvrir devant l'opinion un collègue qui se serait trompé : je l'affirme en toute certitude à V. Em., ce juge serait de suite traîné devant le Parlement du pays, mis en accusation, et bien probablement dégradé et déclaré indigne de jamais administrer cette chose sacrée, *la justice*, dont tous les juges ecclésiastiques auxquels nous avons eu affaire ont fait si bon marché vis-à-vis de nous.

Et il doit m'être permis de dire que ce qui serait un déshonneur pour nos juges laïcs ne saurait guère être une gloire et une vertu pour des fonctionnaires ecclésiastiques.

Il reste donc acquis pour celui qui comprend la question et en connait tous les faits, que l'on a commis à notre égard les injustices que voici :

1o Injustice de la part de *l'Ordinaire* en infligeant les censures ecclésiastiques à des catholiques sans suivre aucune des formes voulues par le droit canon :

2o Injustice en maintenant inflexiblement ces censures malgré un appel régulier à Rome :

3o Injustice vis-à-vis des catholiques de l'Institut en leur refusant d'indiquer, sur leur demande régulière, les livres à *l'index* de la bibliothèque :

4o Injustice en publiant ici que les appelants étaient condamnés sur leur appel, ce que le décret lui-même démontre être faux puisque cet appel n'est pas le moins du monde réglé par ce décret :

5o Injustice de la part du tribunal romain en refusant de décider la question du droit d'un catholique d'être membre d'une association publique régulièrement incorporée qui possède des livres à *l'index* :

6o Injustice envers les appelants en ne leur permettant pas de soumettre leurs preuves sur la manière dont l'Evêque les a traités et sur la nullité radicale des censures qui ont été portées contre les membres catholiques de l'Institut :

7o Insjustice vis-à-vis de l'Institut comme corps en affirmant sur *fausse* information de *l'Ordinaire* qu'il enseigne des doctrines pernicieuses :

8o Injustice vis-à-vis de l'Institut en le condamnant comme coupable d'un enseignement pernicieux sans l'avoir jamais informé de l'accusation ni mis en demeure de se défendre :

9º Injustice contre le corps et contre les appelants en confondant des questions entièrement différentes — l'appel, et l'accusation, *subséquente de quatre ans*, d'enseignement de doctrines pernicieuse par le corps — et des personnes différentes pour faire porter aux uns la responsabilité d'actes commis par les autres :

10º Injustice en exonérant Mgr. de Montréal de tout blâme sur ses seules explications *confidentielles*, et sans nous permettre d'en examiner et vérifier la rectitude au point de vue des faits, qu'il a toujours si étrangement défigurés :

11º Injustice en approuvant publiquement un homme que l'on admettait privément avoir eu des torts :

12º Injustice et erreur évidente en exigeant que ce fût l'Institut comme corps, (et non les membres catholiques comme individus) qui soumit officiellement à Rome *une pure question de conscience*, comme si un corps mixte et composé d'individus appartenant à des croyances différentes pouvait officiellement ou autrement, soumettre une pareille question :

13º Injustice de la part de l'*Ordinaire* en exigeant de nous ce que l'on n'exige pas des autres associations littéraires dans d'autres pays catholiques, ni même des catholiques de Montréal qui appartiennent à des associations protestantes :

14º Injustice de la part du tribunal d'appel en éludant comme il l'a fait la question soumise que l'on assure pourtant avoir mûrement examinée :

15º Injustice de la part d'un tribunal ecclésiastique en tenant aussi longtemps en suspens une question de conscience :

16º Injustice en maintenant des censures qui sont nulles de plein droit puisqu'aucune des formes prescrites par le droit canonique n'ont été observées avant de les infliger :

17º Injustice en conduisant tous les procédés vis-à-vis de nous d'une manière *secrète*, et en acceptant comme vraies de véritables délations dont on ne nous donne aucune connaissance :

18º Injustice enfin et incompréhensible inconvenance chez un homme du caractère de Votre Éminence en me reprochant, *avec tant de légèreté dans l'examen des faits*, de ne pas me soumettre à une décision que l'on n'a pas voulu donner ! *J'attends encore*, avec mes amis, *cette décision*, et un Cardinal pousse l'injustice jusqu'à me blâmer de ne pas m'y être soumis !

Je ne puis assez le redire. Dans quelle justice laïque pourrait-on jamais aujourd'hui trouver une pareille suite de dénis de justice, de mépris des droits des absents, d'injustices directes, de confusion calculée des questions et des personnes pour déplacer les torts et faire perdre de vue les droits ; de véritables iniquités en raison, en justice et en procédure ; d'indifférence au devoir, de procédés en un mot où l'on cherche vainement autre chose que l'arbitraire sous tous ses aspects et sous toutes les formes ?

Il fallait aller devant la justice ecclésiastique pour se trouver en plein dix-neuvième siècle en face de la *dénonciation secrète* et étouffé *sous la procédure secrète !*

Je sais bien que cette manière de juger, qui nous paraît si prodigieusement étrange, considérée du point de vue de la bonne organisation de nos tribunaux ; que cette coupable pratique de condamner des absents pour cette seule raison que c'est un Evêque qui les accuse ; prennent leur source dans ce vieux droit inquisitorial qui est resté le plus grand scandale des temps modernes, et qui, consacré définitivement par la bulle du pape Innocent IV en date du 12 Juin 1253, permettait aux *juges de la foi* de poursuivre les procès sans communiquer aux accusés les noms des témoins qui déposaient contre eux, leur refusant ainsi la confrontation avec leurs accusateurs DE PEUR DE TROP DIMINUER LE NOMBRE DE CEUX-CI !! (Lettre du Cardinal Ximénès au roi Ferdinand citée par Mgr. Héfélé dans sa vie du Cardinal) dans ce vieux droit inquisitorial tel qu'exposé par EYMERICUS dans le guide des inquisiteurs, qui permettait à ceux-ci de garder un accusé pendant des années en prison sans lui communiquer les faits à sa charge, et allait même jusqu'à leur suggérer de ne pas communiquer d'abord aux accusés, (quand enfin leur procès arrivait) les dénonciations faites contre eux, (1) mais de les interroger *avec adresse* de manière à en tirer des aveux qui permissent d'allonger les actes d'accusation ; qui ne permettait aux accusés de voir leur avocat qu'en présence de l'Inquisiteur, ce qui rendait toute défense illusoire ; qui consacrait cet abominable principe que deux témoins qui déclaraient avoir *entendu dire* (il faut entendre ici *appris par ouï-dire*) une chose, équivalaient à *un* témoin qui aurait vu ou entendu cette chose, déclaration jugée suffisante pour ordonner la torture ; qui obligeait les parents ou amis à se dénoncer les uns les autres ; qui obligeait les enfants à dénoncer leur père ou leur mère, et le père ou la mère à dénoncer les enfants ; qui exigeait contre la femme le témoignage du mari et contre le mari celui de la femme, les obligeant eux aussi de se dénoncer entre eux ; qui déclarait *infâmes de droit* les enfants des hérétiques jusqu'à la deuxième génération, en exceptant toutefois l'enfant qui aurait *dénoncé son père !!* Je sais bien, dis-je, que tout ce qui s'est fait, à Rome, à notre égard, y inclus la procédure *secrète*, n'est que la conséquence naturelle de ces anciennes habitudes d'arbitraire et de mépris de tout droit qui ont leur racine dans cet effroyable code qui est resté la base du droit romain actuel. Mais j'ose dire que plus une pratique arbitraire est ancienne, moins elle est excusable aujourd'hui que les codes se sont adoucis partout, que les mœurs judiciaires ont été améliorées et rectifiées partout, et que les notions générales sur le droit individuel, sur l'inviolabilité de la conscience humaine et sur la procédure judiciaire se sont si profondément modifiées dans tout le monde civilisé.

Il me semble que c'est une bien triste chose que de voir Rome seule s'archbouter contre ce courant universel d'opinion qui a su donner de si excellentes formes à la justice, et obtenu partout de si importantes garanties en faveur des droits individuels ; et malheureusement les faits sont là qui nous démontrent, par la manière dont nous avons été jugés, que l'on n'a pas fait un pas, à Rome, depuis six cents ans, sur certaines question de justice, de procédure et de respect des droits d'autrui quand partout ces questions ont été résolues dans le sens de la sympathie et de l'indulgence en faveur des accusés.

Nous voyons par notre propre expérience, que la nature même des institutions romaines est l'immobilité fatalement imprimée à tout ce qu'elles contrôlent, et l'hostilité instinctive à tout ce qui a été jugé partout ailleurs progrès sage et réfléchi sur le passé.

Et nous sommes forcés de comprendre enfin, à la vue de la procédure inadmissible en raison et en équité que l'on a suivie à notre égard, qu'un trop grand nombre des hommes, éminents sans doute sous bien des rapports, qui forment la curie romaine, restent aussi étrangers à leur époque qu'à ces nécessités de la vie intellectuelle et sociale qu'ils n'apperçoivent qu'à travers le brouillard des préjugés du cloître, ou d'une intelligence murée dans la routine, ou d'une éducation faussée par le désir de dominer en tout les intelligences que Dieu a faites libres.

Nous voyons enfin avec stupeur que dans la curie romaine toutes ces notions fondamentales de justice et de devoir envers autrui que le temps a partout consacrées, doivent invariablement céder devant ce funeste préjugé hiérarchique que *même si l'on croit le supérieur blâmable*, il faut maintenir son prestige personnel devant l'opinion. Je sais bien, pour l'avoir vu moi-même souvent, que quand il s'agit d'un conflit *entre ecclesiastiques*, le supérieur est quelquefois blâmé quand son tort *est trop apparent ;* mais par exem-

______

(1) Mais cette communication, ne se faisait jamais sans retrancher les noms des dénonciateurs.

ple, dès qu'il s'agit d'un conflit entre des laïcs et les supérieurs ecclésiastiques, alors, au moyen de la pratique si commode du secret de la procédure, on arrange toutes choses de manière à ce que, même si le supérieur a des torts, ce soient les laïcs qui paraissent avoir tort aux yeux de l'opinion. Tout homme qui a tant soit peu suivi la justice ecclésiastique arrive forcément à cette conclusion.

St. Grégoire le Grand blâmait bien fortement cette espèce de justice et agissait bien différemment de ce qui se voit aujourd'hui. Mais les vues larges et élevées de ce vrai grand homme et vrai grand pape sur l'impartialité nécessaire à toute application de la justice, ont été depuis bien longtemps mise de côté dans la curie romaine. Lui voulait que le plus humble chrétien eût *tout son droit*. Il pensait que le supérieur ecclésiastique qui péchait contre la charité ou la justice devait être puni plus sévèrement que le laïc puisqu'il ajoutait le mauvais exemple à la faute. Il repoussait avec horreur l'idée d'un déni de justice à un laïc plutôt que de blâmer publiquement un supérieur ecclésiastique. C'est ce grand homme qui a dit, ce que St. Bernard a répété après lui, qu'il fallait « toujours dire la vérité dût il en résulter du scandale, vu qu'il valait mieux produire le scandale que de céler la vérité, » et il pensait en conséquence qu'il était bien autrement scandaleux de faire une injustice que d'avouer les torts d'un Evêque. Mais ces hautes notions de la justice et du devoir se sont bien oblitérées chez ses successeurs ; et nous voyons aujourd'hui que non seulement on blesse un droit pour ménager l'amour propre d'un supérieur, mais que l'on va jusqu'à *louer publiquement* l'Evêque dont l'on a *privément* admis les torts !!

Certes il doit nous être permis de dire qu'il y a de bien autres personnages que nous qui méritent les censures que l'on a infligées aux catholiques de l'Institut avec aussi peu de discernement que de respect des règles canoniques.

Votre Em. me fait rappeler aussi que l'Annuaire de 1868—c'est-à-dire le discours de moi qu'il renferme—contient tant d'erreurs qu'il a fallu le prohiber.

Si l'on a apporté à l'examen de mon pauvre discours la même *maturité de travail* et le même *désir de rendre justice* qu'on l'a fait dans notre question d'appel, je dois dire de suite que je suis fort tranquillisé sur la perversité des opinions que j'ai pu exprimer. Le tribunal qui a condamné mon discours est le même au fond que celui qui, sur notre question d'appel, est tombé dans les merveilleuses confusions de principes, d'idées, de questions, de personnes et de responsabilités que nous avons vues : donc l'on peut sans grand crime se permettre quelques réserves sur la rectitude de la condamnation. mais il y a plus.

Cette manière de condamner un livre en l'absence de toute explication de la part de celui qui l'a écrit nous reporte encore forcément à ces malheureuses habitudes d'arbitraire que les hommes les plus éminents et les plus sincères, du catholicisme ont de tout temps reprochées aux congrégations romaines.

Je sais bien que l'on affirme sérieusement, à Rome, que *le livre se défend lui-même*, mais cette prétention ne supporte pas l'examen, et il n'est pas nécessaire d'avoir une bien grande expérience des affaires pour comprendre à première vue qu'elle n'a été mise au jour que pour faire accepter l'arbitraire par ceux qu'une mauvaise raison persuade aussi facilement qu'une bonne.

Un passage d'un livre quelconque peut souvent, expliqué par un autre passage. ou par celui qui l'a écrit et en connait la portée, avoir une signification toute différente de celle qu'un lecteur même de bonne foi a pu lui trouver à première vue. Si l'examinateur n'a pas suffisamment comparé ensemble les diverses parties du livre : s'il n'a pas bien saisi la vraie pensée de l'auteur ; s'il a apporté dans son examen un peu de mauvais vouloir par suite de ces préjugés contre les personnes qu'il est si facile de glisser dans l'esprit des ecclésiastiques—ce dont nous savons quelque chose, nous, membres de l'Institut—si enfin il n'a pas eu assez d'esprit d'analyse pour faire les rapprochements ou les distinctions voulus, est ce le livre qui lui rappellera l'erreur commise ou l'oubli évident ? Est-ce le livre qui lui dira qu'à cinq, dix, vingt pages du passage qui parait suspect, il trouvera un autre passage qui établira le vrai sens et justifiera l'intention ? Est-ce le livre qui va découvrir un secret sentiment d'hostilité chez l'examinateur, ou qui s'apercevra qu'il agit d'après une idée préconçue, ou un préjugé d'éducation, ou d'intérêt d'hiérarchie ? Le livre ne saurait évidemment faire tout cela. Il ne peut donc pas se *défendre lui-même*, puisque *défense* signifie *discussion*. Cette idée est donc une de ces absurdités pratiques qui sautent aux yeux les moins clairvoyants ? Cela est faux en raison, en fait et en équité.

L'absence de l'auteur laisse tout simplement le champ libre au préjugé, ou à l'animosité, ou à l'esprit de parti, ou à l'ignorance possible du sujet traité. Qui empêchera l'examinateur de tomber dans l'une ou l'autre de ces fautes quand l'auteur est à plusieurs centaines de lieues d'un homme qui peut être naturellement assez disposé à mettre ses préjugés d'éducation ou de caste à la place de la charité chrétienne ? Sa conscience! dira-t-on ? Mais combien n'est-ce pas chose commune, dans le monde, que la fausse conscience ?

N'est-ce pas elle qui a suscité toutes les persécutions et tous les bûchers d'autrefois ? D'ailleurs qu'est-ce que la vraie conscience sinon le sentiment de la justice envers autrui ? Or quelle justice y a-t il dans une condamnation contre un auteur qui n'a pas pu présenter ses raisons ? Il faut bien dire qu'il n'y a là ni vraie justice ni vraie conscience.

Mgr. de Montréal est un homme de conscience apparemment et il serait injuste de le contester, et pourtant quelle aveugle passion, quelle étroitesse de vues, quelle obstination dans ses torts n'a t-il pas montrées à notre égard et au mien particulier ? Je ne conteste pas sa sincérité, mais il n'en voit pas moins un devoir dans ce qui est injustice ou sévérité inintelligente. Comment expliquer ses faux exposés de faits contre l'Institut, ses violences de langage contre des hommes de réputation, de caractère, d'intégrité, *sinon par la fausse conscience ?*

Eh bien, est-ce qu'il est impossible que les mêmes petites misères, les mêmes petites faiblesses humaines se retrouvent chez les membres de l'Inquisition ? Est-ce qu'eux aussi n'ont pas leurs sentiments d'hostilités contre certains systèmes, et leurs préjugés d'éducation ou d'intérêt en faveur d'autres systèmes ? Est-ce que les luttes passionnées qui surgissent quelquefois entre les dignitaires de la curie romaine relativement aux postes d'honneur ou de profit qu'ils convoitent, ne montrent pas qu'ils ne sont nullement exempts, malgré leur caractère, des faiblesses ou des convoitises des autres hommes ? Il ne faut pas avoir demeuré à Rome bien longtemps pour observer ces choses, et j'ai eu dernièrement encore là-dessus des renseignements bien remarquables.

Il faut donc toujours en venir aux notions primordiales de la justice. Toute condamnation portée en l'absence de la partie qui ignore qu'on va la juger est une injustice en bonne morale et une iniquité en bonne procédure.

Mais il faut dire aussi que ce système de condamner les livres dans le secret du cabinet et sans citer ce qu'ils contiennent de condamnable est excessivement commode pour déconsidérer autant qu'on le peut et sans dire pourquoi ceux que l'on n'aime pas, et cela en éludant toutes les responsabilités.

Si l'on nous oppose l'habitude, le système adopté, je réponds que ce qui est contre la justice est nécessairement un mauvais système et une fort déplorable habitude, surtout chez ceux qui sont chargés par état d'être l'exemple des autres. Ce qui est injuste en soi sous tous les systèmes judiciaires ne peut être juste et licite pour cette seule raison qu'on le fait à Rome. La justice est au-dessus des rois, des parlements, des gouvernements, des papes et des peuples, et les oblige également tous.

On a donc condamné mon discours pour des raisons qu'on ne dit pas. Ici encore, arbitraire, car dans tout système judiciaire bien organisé, les juges donnent les motifs de leurs sentences, et il est bien clair que les plus simples notions de la charité y obligent des Évêques. Mais il paraît avoir été plus commode de ne pas le faire avec moi.

Au reste des prêtres instruits d'ici qui ont lu ce discours m'ont assuré n'y avoir rien trouvé de *pervers*, ou que l'on dût *absolument réprouver*. Une fois la condamnation arrivée, d'autres prêtres m'ont indiqué: celui-ci telle erreur, celui-là telle autre, le second ne trouvant par répréhensible ce que le premier avait blâmé, et personne ne tombant d'accord sur ce qui était pernicieux ou *réprouvable* Je puis donc penser sans crime que ce que j'ai dit n'était pas absolument horrible ni mes prétendues erreurs complètement damnables. Mais si l'on eût dit de suite en quoi je m'étais trompé, on aurait évité au clergé local le petit désagrément de voir quelques-uns de ses membres trouver irréprochable ce que d'autres trouvent répréhensible, et montrer par là que l'on ne sait pas trop au fond à quoi s'en tenir; ce qui a naturellement fait un peu rire le *condamné*. Quand les prêtres eux-mêmes s'entendent si peu sur la perversité d'un livre, il semble naturellement aux gens sensés que Mgr. de Montréal poussait peut-être un peu loin les choses en rappelant avec tant de sollicitude à ses ouailles que celui qui garderait l'*Annuaire* chez lui serait passible de refus des sacrements *même à l'article de la mort*.

Cela a paru quelque peu étrange de la part d'un homme qui a entouré de tant de splendeur religieuse, sur l'échafaud, il y a quelques années, les derniers instants de l'un des plus terribles criminels dont nos annales judiciaires fassent mention. Et naturellement bien des gens se sont demandé : « Mais serait-ce donc un plus grand crime d'avoir l'*Annuaire* chez soi que d'avoir assassiné plusieurs hommes ? »

Mais toutes ces raisons et tous ces faits, surtout celui de la divergence d'opinion chez des prêtres instruits d'ici et des États-Unis sur la *perversité* du livre, montrent peut être quel grave danger et même quelle souveraine injustice il y a dans une demande de condamnation *faite en secret* et accordée aussi *en secret*, c'est-à-dire hors la connaissance de l'intéressé. Pas la plus petite intimation que l'on se proposât de me juger. J'ai appris ma condamnation avant d'avoir pu soupçonner que je fusse accusé, et j'ignore encore à l'heure qu'il est les raisons de cette condamnation. On fait encore aujourd'hui, à Rome, contre l'auteur d'un livre, ce qui ne se fait plus nulle part au monde contre les voleurs et les assassins : condamner sans entendre et sans donner les motifs de la condamnation.

Eh bien, je le dis sans crainte, et en toute certitude que je suis dans le vrai; une pareille condamnation n'est en droit et en raison qu'une flagrante iniquité. Au fond cela ne peut pas s'appeler une *sentence*, c'est tout simplement une diffamation. Personne au monde, pas plus le Pape qu'un autre, ne peut condamner sans entendre ni sans dire *pourquoi il condamne*. Toute condamnation de ce genre est en soi une nullité absolue en droit et en raison, et personne n'est obligé d'en tenir le moindre compte (1).

---

(1) Je sais bien que l'on prétend, à Rome, que l'auteur n'est *nullement* atteint par la condamnation de son livre ; mais c'est encore là une de ces raisons dont la pratique démontre le peu de sincérité. On ne l'a imaginée que pour justifier, aux yeux des gens irréfléchis, l'arbitraire d'une condamnation demandée et accordée *en secret*. Et comme on défend partout aux catholiques de scruter les actes du pouvoir ecclésiastique, on leur fait ainsi accepter sans examen les explications les plus inadmissibles en raison et en équité.

Si l'auteur d'un livre n'est *nullement* atteint par la condamnation, pourquoi donc tous ces efforts pour obtenir sa rétractation s'il est laïc ? Pourquoi est-elle imposée aux prêtres sous peine d'interdit par les autorités locales ? Pourquoi donc traite-t-on de rebelle et d'orgueilleux celui ne se soumet pas, même quand on ne lui indique pas en quoi il a pu se trom-

Mais n'est-ce pas une étrange chose que l'injustice soit si fréquemment, et si fatalement en quelque sorte, la base d'action des congrégations romaines? Et néanmoins tout cela s'explique parfaitement par ces vieilles habitudes d'irresponsabilité transmises de siècle en siècle dans la curie romaine, et à l'abri desquelles se commettent quelquefois les plus terribles injustices. Car de tout temps et dans tous les pays l'irresponsabilité chez les fonctionnaires, grands ou petits, n'a jamais signifié pratiquement qu'arbitraire contre les administrés: et avec mes notions de justice et mon habitude du système judiaire de ce pays, il me semble en toute sincérité que toute la pratique des congrégations romaine se résume à peu près uniquement dans l'arbitraire.

Car enfin, en admettant que je me sois trompé,—chose très possible, sans aucun doute et qui est arrivée à de bien autres personnages que moi, à S. S. le Pape actuel, par exemple, quand, ne prévoyant pas qu'il écrirait un jour le *Syllabus*, il faisait annoncer en 1848, au grand conseil de Berne, par son Nonce, Mgr. Luquet, «que l'Eglise « saurait accepter la transformation so-« ciale des temps et ne refuserait pas, « quand le temps serait venu, de recon-« naître le grand principe de *sa sépara-*« *tion d'avec l'état,* cette expression émi-« nente et suprême de la liberté.» Or maintenant que le *Syllabus* déclare être des erreurs du temps présent l'idée «que le Pape doit se réconcilier avec la civilisation moderne,» ainsi que le principe de la «séparation de l'Eglise et de l'Etat;» il faut bien admettre que le Pape de 1848 faisait examiner par son Nonce des principes frisant alors l'hérésie puisque le Pape de 1864 les a condamnés, et qu'il se trompait en 1848. Or cela pourrait peut être suggérer aujourd'hui l'apropos de l'indulgence envers ceux qui ne réclament pas l'infaillibilité,—eh bien, en admettant, dis-je, que je me sois trompé, est-ce bien en persistant à ne pas m'indiquer l'erreur que j'ai pu commettre que l'on me persuadera que l'on a certainement raison et que l'on ne songe qu'à défendre de bonne foi la vérité? Mais c'est précisément là le meilleur moyen d'empêcher les gens de croire à la sincérité du juge! Tenir ses motifs *secrets* après avoir jugé en *secret* ne peut jamais suggérer aux hommes réfléchis qu'une forte présomption d'injustice. Et le fait est que l'on n'a jamais employé le secret dans la procédure que pour systématiser l'injustice en la voilant aux yeux des masses.

Et enfin, est ce donc bien à Rome que l'on tient si peu de compte de cette grande parole, dite à Jérusalem il y a dix huit siècles: «Si j'ai mal parlé, faites-moi voir le mal que j'ai dit; mais si j'ai bien parlé, pourquoi me frappez-vous?» Comment se fait-il que les membres de l'Inquisition ne se croient pas un peu liés en conscience par ce magnifique précepte, et s'affranchissent si facilement de ce devoir: «montrer à un homme le mal qu'il a pu dire!»

Ah! je m'explique facilement aujourd'hui que l'illustre Rossi ait dit, alors qu'il était ministre du Pape, «qu'il fallait porter la hache dans ce vieux

---

per? Pourquoi donc toutes les feuilles que l'autorité ecclésiastique contrôle et peut faire taire d'un mot attaquent-elles toujours avec tant de virulence *l'auteur et non le livre?*

Que l'on cesse donc de donner aux hommes intelligents de prétendues raisons où il n'y a qu'inanité et manque de droiture! Je comprendrais encore cette prétention, cette tentative de palliation d'un acte arbitraire en lui-même, quand on indique l'erreur condamnée.

Mais quand on condamne un livre comme rempli d'erreurs sans en indiquer une seule, alors il est trop clair que c'est l'auteur bien plus que le livre que l'on a voulu atteindre, car si l'on ne songeait vraiment qu'au danger de l'erreur, on l'indiquerait! On a, dans une condamnation en bloc, un moyen facile de déconsidérer aux yeux de ceux auxquels on défend tout examen d'un acte quelconque de l'autorité, les hommes dont on n'est pas satisfait, soit parcequ'ils ne veulent pas se laisser conduire comme des enfants, soit parceque l'autorité locale veut diminuer leur influence. Et c'est dans ce cas qu'une condamnation *demandée en secret, et obtenue en secret, et dont on ne dit pas les motifs,* ne peut plus être en équité regardée comme une *sentence,* qui suppose l'audition de l'accusé, mais devient pratiquement une *diffamation* puisque ni le public ni l'auteur ne savent pourquoi il est condamné, et que c'est toujours une iniquité de condamner sans dire pourquoi l'on condamne.

bois : » la justice romaine telle qu'il la trouvait alors et à peu près telle qu'elle est restée depuis.

Non ! Je comprends parfaitement pourquoi l'on m'a condamné ! J'ai eu le malheur de heurter les idées ultramontaines sur la suprématie absolue du Pape, même dans les matières purement temporelles ; idées que l'on réussit sans doute à faire accepter çà et là par la masse ignorante, mais que partout les gouvernements repoussent avec raison, et que les hommes qui tiennent à leur libre-arbitre, et qui ont surtout étudié l'histoire ecclésiastique, n'accepteront jamais.

On m'a dit ici que j'avais donné sujet de mécontentement en prêchant *la tolérance ;* mais je ne puis absolument pas croire que l'on soit assez étranger, en Italie, à ce qui se passe ici, aux faits saillants de notre état social et politique, pour ignorer que nous vivons dans un pays de majorité protestante et sous une mère-patrie protestante. Ce n'est donc pas à nous, qui sommes les plus faibles, à exercer l'ostracisme envers ceux qui n'ont pas les mêmes opinions religieuses que nous. Il y a bien des choses qui se disent en Italie et qu'il vaut mieux taire sur notre sol d'Amérique où l'idée républicaine, et conséquemment le principe de la souveraineté du peuple, est la seule base possible des institutions, et où le protestantisme est si énormément prépondérant par le nombre.

Il serait temps que l'on comprît enfin qu'il y a nécessairement divergence fondamentale entre le républicanisme américain et l'ultramontanisme en tant qu'il exprime les idées d'autrefois sur la royauté universelle du Pape.

Car enfin l'ultramontanisme signifie malheureusement aujourd'hui la condamnation de la «civilisation moderne,» c'est-à-dire de ces grands principes de liberté religieuse, politique et civile dont elle a doté le monde ; donc la condamnation de toutes les conquêtes que les peuples ont faites sur les vieux despotismes. L'ultramontanisme, d'après ses organes les plus autorisés, la *Civiltà Cattolica* entre autres, signifie

malheureusement aujourd'hui la condamnation *des parlements, des municipalités, des élections,* institutions qu'elle a comparées aux os DÉCHARNÉS d'Ezéchiel, et auxquelles pourtant les nations ne renonceront pas parceque les membres de la curie romaine n'en comprennent ni le fonctionnement ni les bienfaits.

L'Ultramontanisme signifie enfin la domination de l'Eglise sur l'Etat, et la domination du Pape sur l'Etat et l'Eglise à la fois ; donc l'ultramontanisme signifie aujourd'hui comme au temps de Grégoire VII, la monarchie universelle et absolue du Pape sur les nations et leurs institutions puisqu'on le déclare infaillible sur les *questions de mœurs* comme sur les *questions de dogme.* De ce moment tout libre arbitre, toute véritable indépendance nationale ou personnelle, et conséquemment toute initiative propre, se trouvent détruits dans les sociétés comme chez les individus. La liberté politique aussi devient illusoire, car nul gouvernement ne peut plus légitimement faire des lois et les appliquer sans les soumettre au Pape. Et la chose va de soi si les Parlements et les institutions populaires ne sont plus comparables qu'à des os DÉCHARNÉS ! Et voilà la vraie pensée des hommes qui dirigent la curie romaine.

C'est donc à dire que les sociétés les plus progressives parce qu'elles sont les plus libres devront soumettre leurs institutions, leurs lois, leurs plus légitimes aspirations au jugement des membres de la curie romaine, précisément les hommes les plus arriérés de l'Europe en matière d'institutions politiques et de droit public. Comment peut-on espérer qu'un Parlement ou un Congrès quelconque puisse accepter dans la confection des lois le contrôle d'hommes que l'on voit rester si opiniâtrément attachés au vieux droit inquisitorial, répudié aujourd'hui dans tout monde civilisé, et se montrer si profondément hostiles au principe le plus fondamental du droit public : « *le droit de la communauté, de la nation, de déterminer souverainement par quelles institutions elle sera régie.* »

St. Thomas, Suarez, et Bellarmin lui même, consacrent ce principe.

Eh bien, s'il faut qu'un écrivain soit mis à l'*index* aujourd'hui parce qu'il n'accepte pas les idées politiques d'hommes qui se montrent si étrangers à leur siècle, si étrangers à toutes ces notions de droit public et même civil que la belle civilisation moderne a fait adopter partout comme source nécessaire de toute organisation sociale et politique ; qui se montrent si aveuglément hostiles à toutes les espèces de libertés; il devient clair qu'avant qu'il soit peu de temps il ne sera plus possible d'écrire une parole sans être mis à l'*index*. Si même dans un pays de majorité protestante, et avec un parlement où les protestants sont en majorité, il n'est pas permis de conseiller la tolérance aux catholiques que des journaux aussi imprudents qu'ignorants poussent à appliquer ici les principes les plus exagérés du *Syllabus* sur les questions politiques ou de police légale, et jusque dans l'organisation d'une association purement littéraire, mieux vaudrait dire de suite que la censure de la pensée est de droit étroit dans le catholicisme, et que personne ne doit publier un mot sans la permission de l'*Index* ou de *l'Ordinaire*.

Le concile de Trente a bien exprimé cette défense, mais aussi c'est une des raisons qui ont empêché sa discipline d'être acceptée dans plusieurs pays catholiques. Oserait-on maintenant publier un pareil décret aux Etats-Unis ?

Comment l'on peut encore espérer pouvoir réaliser pratiquement pareilles impossibilités, voilà ce qui est aujourd'hui, pour les hommes qui ont l'expérience des affaires et du monde où ils vivent. le plus incompréhensible mystère.

Et puisque la lutte est aujourd'hui soulevée par l'ultramontanisme contre la civilisation et les immenses bienfaits dont elle a doté le monde, il faut donc choisir entre la civilisation et l'ultramontanisme. Or d'un côté nous voyons celui-ci lutter avec obstination contre toutes les conquêtes de l'esprit humain

et *déclarer de droit divin* la monarchie universelle du Pape au temporel — infaillible sur les questions de mœurs ne signifie et ne peut signifier rien autre chose que cela — et d'un côté nous voyons l'esprit humain se cramponner aux conquêtes qu'il a faites, et déclarer par tous les gouvernements et par ses plus illustres représentants dans le domaine de la pensée, qu'il n'y renoncera pas, et qu'il faut l'une de ces deux choses : ou que ce soit l'ultramontanisme qui recule, ou que ce soit la civilisation. Or comme celle-ci ne saurait pas plus reculer qu'un fleuve remonter vers sa source, la question est forcément *décidée*, qu'elles que soient les clameurs de la réaction ultramontaine qui ose encore, à l'heure qu'il est, réclamer comme *de droit divin*, l'immunité des ecclésiastiques de toute juridiction des tribunaux civils *mêmes sur les questions de crimes et délits !!*

Quand l'aveuglement des prétentions va jusque là, il est bien évident qu'il ne reste plus qu'à attendre dans un temps plus ou moins prochain la punition providentielle de ceux qui les expriment et qui bouleverseraient encore le monde, s'ils le pouvaient, pour les imposer ; et les évènements si peu prévus des huits derniers mois semblent indiquer fortement qu'elle a déjà reçu un commencement d'exécution.

Quelle leçon !! que l'on fait semblant de ne pas comprendre encore ! Le dernier soutien du pouvoir temporel frappé lui aussi d'aveuglement et commençant étourdiment une guerre à laquelle il n'est pas preparé !! et la plus puissante nation de l'Europe écrasée et brisée en moins de six mois par sa rivale protestante, qui avait autrefois recueilli avec tant d'empressement les victimes de la révocation de l'édit de Nantes ! Et l'on ne veut pas voir là le fait d'une rétribution providentielle !!

Ah ! c'est bien le cas de dire : « Erudimini qui judicatis terram. »

Votre Eminence semble me reprocher d'avoir parlé, ou écrit, ou exprimé publiquement des opinions pendant que notre cause était encore pendante à Rome. Elle semble ne signifier que je n'aurais pas dû dire un mot avant que la sentence ne fût rendue.

J'oserai lui observer que quand un tribunal met quatre longues années, non pas à se décider à rendre une sentence sur une question depuis longtemps résolue par la pratique universelle ; mais *à trouver les moyens de n'en pas rendre une*, il est assez difficile aux hommes qui vivent dans des pays qui ne sont pas frappés de l'immobilité politique et intellectuelle dont l'état romain offrait le navrant spectacle avant les terribles leçons que la Providence vient de donner à ceux qui y pétrifiaient ainsi la pensée humaine, il est assez difficile, dis-je, de laisser plusieurs années s'écouler sans donner signe de vie contre les agressions furieuses et de tous les jours qui étaient dirigées contre l'association dont je suis membre.

Si au moins les journaux du clergé avaient eu la décence de ne rien dire en attendant le jugement, nous aurions pu éviter de parler et de nous défendre. Mais quand nous voyions chaque jour les plus malhonnêtes accusations publiées contre nous, accusations qui trouvaient toujours le moyen de parvenir jusque dans les chaires de la ville et des campagnes ; quand nous voyions tous les principes qui forment la base des institutions libres, dont nous jouissons en ce pays, quoiqu'à un bien moindre degré qu'aux Etats-Unis, attaqués sans merci par nos ennemis qui, au fond, ne nous poursuivent avec tant d'acharnement de leurs injures que parceque nous défendons la liberté contre le torysme local—et non pas à cause de quelques pauvres livres qui se trouvent dans toutes les autres bibliothèques que l'on ne condamne pas— quand nous étions en un mot le but constant de calomnies sans trève et sans fin, il ne nous était absolument pas possible de ne jamais repousser la calomnie, de rester toujours silencieux sous l'insulte, ni de ne jamais combattre les tendances absolutistes que des hommes mus par l'intérêt, et bien souvent par l'ignorance,

manifestent avec persistance au milieu de nous.

Et je puis ajouter que dans cette lutte la décence du langage et la convenance des formes n'ont jamais été du côté de nos adversaires qui semblent monopoliser plus qu'ailleurs encore la triste habitude de ne jamais parler religion sans blesser outrageusement la charité et le savoir vivre. Ils ne défendent les bons principes comme ils savent les comprendre qu'avec le langage le plus soigné de la halle.

Au reste, nous avons aujourd'hui le plaisir, après avoir été tant vilipendés par eux, de les voir s'entredéchirer en toute conscience, et nous comprenons mieux que jamais la véritable valeur de leurs insultes. Ils se chargent eux-même, depuis quelque temps, de nous donner les plus intéressants renseignement sur leur rectitude d'intention et leur sincérité. Partagés en deux camps rivaux où la discorde a semé la tempête, ils se lancent les uns et les autres dans les descriptions réciproques les plus inattendues et les définitions morales le plus remarquables. Ils se peignent les uns les autres d'après nature et avec une fidélité de pinceau qui montre à quel point ils se connaissent. On ne nous a au moins jamais reproché l'hypocrisie, et c'est justement là la prédisposition naturelle et la qualité dominante que nos religieux adversaires constatent aujourd'hui les uns chez les autres avec un bonheur de logique ravissant pour ceux qu'ils ont tant insultés ! Ils se renvoient mutuellement la balle avec un sans-gêne qui prouve que pour cette fois au moins, chose prodigieuse et nouvelle, ils disent sincèrement ce qu'ils pensent : et nous assistons tout ébahis à un spectacle si plein d'intérêt.

Je n'ai pas parlé par hostilité, mais par nécessité. Il fallait défendre mes amis et moi contre la passion ignorante, le préjugé opiniâtre et la calomnie aveugle, car voilà vraiment les traits caractéristiques d'un grand nombre de ceux qui prétendent hypocritement défendre au milieu de nous une religion qui n'est pas attaquée, et qui ne font réellement que la compromettre par leurs exagérations, leurs injustices, leur esprit de dénigrement et leurs inconcevables violences de langage. Mais nous voyons que malheureusement l'on n'a d'oreilles que pour eux.

Pendant que les Inquisiteurs laissaient tranquillement les années s'écouler, peut-être, qui sait, dans l'espoir de nous fermer la bouche ici au profit de l'absolutisme, nos aggresseurs, qui représentent la réaction intellectuelle, sociale et politique, ne négligeaient aucun moyen de nous déconsidérer dans l'opinion et d'écraser notre association. Heureusement nous étions assez forts pour lutter victorieusement contre ces petites tempêtes de religion mal entendue.

Je comprends que les hommes qui ont toujours vécu sous le régime des Etats Romains où aucune activité intellectuelle n'était encouragée ni même permise ; où le droit même de pétitionner l'autorité était si étrangement limité ; je comprends que ces hommes n'aient pas d'idée nette de notre état social, où l'habitude constante de la complète liberté de la presse donne à l'intelligence publique une vie et une activité qui, à Rome, semblaient être le comble du désordre moral et de l'anarchie intellectuelle. Je conçois que des hommes qui ne sont pas sortis de l'ancien état romain ne comprennent pas l'impossibilité où sont ceux qui vivent dans un pays où les partis politiques sont en lutte active, qui en faveur de l'absolutisme, qui en faveur de l'extension des libertés populaires, ne comprennent pas, dis-je, l'impossibilité où sont les uns de se taire quand les autres non seulement parlent, mais accusent avec la malveillance et le parti-pris dont nous sommes chaque jour témoins et victimes ; mais tout cela démontre quelle injustice il y a de juger de ce qui se passe dans un pays de liberté de la presse par ce qui se faisait à Rome quand le mutisme universel était la suprême expression de l'ordre public.

Il se remue plus d'idées sur ce continent en un an qu'il ne s'en remuait à Rome en un demi-siècle sous le système de la vie de collège imposée à tout un peuple. Et si l'on a cru que nous pouvions rester silencieux pendant des années sur les immenses problèmes de philosophie sociale et d'organisation politique qui agitent aujourd'hui le monde civilisé, et nous renfermer dans le mutisme en dépit des journaux du clergé qui travaillent activement à nous ramener à l'immobilité intellectuelle que l'Italie a subie depuis des siècles jusqu'au jour de sa glorieuse unification, on a tout simplement montré que l'on reste toujours complètement étranger à notre état social et aux nécessités résultant de notre organisation politique.

Depuis une longue suite de siècles, la population romaine a subi un véritable régime de collège. Nous voyons où elle en est arrivée en fait d'activité commerciale, de prospérité industrielle et de mouvement politique ; et nous ne voulons pas de ce régime. Nos notions de droit public, et notre expérience de l'ordre constitutionnel et de la liberté politique nous démontrent l'impérieuse nécessité de repousser ce système et de combattre avec énergie ceux qui semblent vouloir l'introduire ici. Nous ne renoncerons jamais à la plus grande conquête de la civilisation : le complet libre arbitre du citoyen dans la sphère temporelle et dans le domaine de l'étude et de la science ; et aussi le droit d'exprimer publiquement sa pensée sur tous les sujets dans les limites voulues par la loi. Nous voulons transmettre intact à nos enfants l'héritage de liberté politique et d'indépendance morale que nous avons reçu de nos pères, et nous combattrons coûte que coûte tout ce qui tend à nous refouler vers ce passé de compression politique, de torpeur sociale et d'esclavage moral que les maximes chères à la curie romaine ont produit partout où ses principes absolutistes ont dominé.

Nous parlons ici parce que, poliquement et intellectuellement, nous *vivons;* et nous ne voulons pas de ce système qui a causé, partout où il a fleuri, la léthargie sociale, la nullification politique, la stagnation industrielle, et la DÉCADENCE NATIONALE. Si ces choses ne sont pas comprises à Rome, ce n'est pas tant pis pour nous, mais tant pis pour ceux qui, n'ayant reçu que l'éducation du cloître, comprennent si peu le siècle où *ils vivent* ainsi que le continent où *nous vivons*.

Nous ne faisons réellement que défendre le domaine de l'étude sérieuse et libre contre ceux qui veulent mouler l'histoire sur les besoins d'un système. Il y a chez nous un certain degré de vie intellectuelle où Mgr. de Montréal commet l'erreur de ne voir que la liberté du mal; mais nous pouvons sans crainte, sous le rapport du caractère et de la valeur personnelle, opposer les hommes qui se sont formés chez nous à ceux qui sont formés dans les institutions préconisées par Sa Grandeur! Car enfin elle pourrait bien n'être pas *exactement* dans le vrai quand elle pense que la jeunesse se formera beaucoup mieux dans les nombreuses salles de billard ouvertes par le clergé que dans une bibliothèque où l'on peut au moins s'orner l'esprit, et dans une association où l'on s'habitue à penser et à discuter.

Nous défendons le goût de l'étude et du travail contre ceux qui préten dent bien qu'ils veulent le favoriser comme nous, mais qui n'en voient pas moins se fondre dans leurs mains toutes les associations littéraires qu'ils ont organisées; et cela parce que la jeunesse ne peut pas supporter toujours l'étroit contrôle moral qu'on lui inflige. On ne veut pas comprendre qu'il faut une certaine somme de liberté morale et de libre arbitre personnel aux hommes qui ont laissé le collège et se trouvent lancés sur la large voie de la vie sociale. Croit-on donc qu'ils vont toujours rester enfants parce qu'on les a formés quand ils étaient enfants ?

On prétexte de la pureté des mœurs de la jeunesse, mais malheureusement les petits scandales qui ont de temps à autre percé le secret de l'intimité et sont devenus de notoriété publique, ont eu pour auteurs précisément ceux que l'on prétend former avec tant de solli

citude. Quand notre société a été heurtée dans ses instincts moraux par quelque grave offense contre la décence publique, c'étaient les plus brillants soldats de la coterie pharisaïque qui nous assourdit chaque matin du récit de ses vertus qui en étaient les héros! Et cela en grande troupe, en bande complète, et non pas chacun en son particulier! Nous voyons trop comment parlent et agissent dans l'intimité un grand nombre de ceux qui en public ont toujours à la bouche les mots de « religion, » de « principes catholiques, » et « d'obéissance filiale au Pape, » pour être bien éblouis de leurs protestations à tour de bras!

Il n'y a pas que les grands hommes qu'il ne fasse pas bon de voir en robe de chambre. Si *les grands* y sont souvent un peu ridicule, *les petits* y sont quelquefois bien méprisables. Et après avoir observé les nôtres (*les petits*) de très près, nous ne sommes plus du tout surpris de les voir si généreusement se coiffer les uns les autres du bonnet de duplicité et d'hypocrisie qui leur fait réciproquement à ravir. Je ferai grâce à V. Em. des faits édifiants que je pourrais lui citer sur tout cela, dont j'ai toutes les preuves en mains, et qui lui démontreraient bien clairement quelle est la véritable valeur morale de ceux qui nous insultent à propos de tout comme à propos de rien. (1)

---

(1) Depuis que cette lettre est partie, la querelle religieuse a pris de bien autres proportions. Ce ne sont plus seulement les journaux du clergé qui se querellent entre eux, mais voilà une partie de la presse religieuse en antogonisme direct avec quelques-uns des Evêques.

Nous sommes des insoumis, des rebelles, des ennemis de la religion, parceque nous résistons à une exigence absurde, irréalisable en pratique et qu'aucun Evêque n'élève ou ne maintient dans aucun des grands centres de la civilisation; et après avoir pieusement gémi sur nos désobéissances, voilà la presse religieuse qui résiste aux Evêques sur une question dans laquelle ceux ci jugent que la religion est interressée. Nous sommes des orgueilleux quand nous réclamons notre indépendance dans le champ scientifique et littéraire, mais les journaux *à bons principes* restent des modèles d'humilité quand ils envoient l'Archevêque de

Ce que je dis ici à V. Em. est honnêtement et franchement la vérité, que
Mgr. de Montréal ne lui a jamais donnée complète, trompé peut-être lui-
même par les flatteurs qui l'entourent,
et qui espèrent faire plus facilement
leur chemin sous la protection du clergé en montrant des sentiments qu'ils
n'ont pas dans le cœur. Leur conduite
privée ne nous concerne pas sans doute, mais ce qui nous regarde certainement, ce sont leurs attaques malveil-
lantes, passionnées ou calomnieuses,
faites par pure hypocrisie et pour se
faire bien venir d'un corps puissant.
Et nous avons incontestablement le
droit, pour faire mieux juger de ces attaques, de montrer ce que sont vraiment dans leur déshabillé nos aggres-

seurs, qui sont aujourd'hui *nos plus
intelligents témoins les uns contres autres*.
Nous avons essayé de faire comprendre à Rome les choses telles qu'elles
sont. Nous n'avons dit que des choses
vraies, au contraire de nos ennemis
qui ont défiguré les faits pour voiler
leurs fautes et faire croire à notre culpabilité exclusive. Nous voyons que
les choses raisonnables que nous avons
dites, que les considérations importantes que nous avons soumises, que les
respectueuses représentations que nous
avons faites, sont allées se briser contre la prévention et le mauvais vouloir ! Prévenus dès l'abord par des informations partiales et intéressées, et
des accusations dans lesquelles l'étroitesse des vues et l'incompétence per-

---

Québec se promener avec son désaveu de leur
programme *catholique* !

Chose remarquable ! Le *Nouveau-Monde*, qui
est sous le contrôle immédiat de l'Evêque de
Montréal qui en est le fondateur et en est resté le patron : le *Journal de Trois-Rivières*, qui
est sous le contrôle immédiat de l'Evêque de
Trois-Rivières ; l'*Ordre*, qui reçoit chaque matin son mot de passe d'un chanoine de l'Evêché ; et l'*Union des cantons de l'Est*, dont la
plupart des articles de fonds sont écrits par des
prêtres, insultent tous quatre, à mot très peu
couverts, l'Archevêque de Québec et lui si-
flent vertement, soit directement soit en se re-
produisant les uns les autres, qu'ils sont
" seuls juges de ce qui peut convenir aux Elec-
teurs pour les guider dans le choix des Législa-
teurs : et qu'ils attendront que leur propre
Evêque les blâme avant d'admettre qu'ils se
soient trompés.

Voilà comment les journaux *à bons principes*, que Mgr. de Montréal comble de si grands
éloges dans sa circulaire au clergé du 6 de ce
mois, témoignent de leur respect envers le Métropolitain du pays

On l'informe sans façon qu'il n'est qu'un
Evêque *étranger*, et qu'on l'écoutera quand on
le jugera à propos.

Voilà les hypocrites qui nous ont reproché
de l'insoumission parceque nous ne retranchons
pas d'une bibliothèque publique certains ouvrages de science, de droit, d'histoire profane
ou sacrée, et d'économie politique, sans lesquels
pas une bibliothèque ne saurait mériter ce
nom.

Et chose plus remarquable encore ; voilà la
presse ultramontaine arrivée à soutenir comme
nous, après nous avoir traité d'impies précisément sur cette question, l'indépendance du
catholique dans le domaine temporel.

Nous, libéraux, nous disons : " Dans l'ordre

temporel, le catholique est entièrement libre
de ses déterminations et de ses actes. "

Et la presse ultramontaine d'ici dit de son
côté aux Evêques : " *Nous* sommes juges de ce
qui peut convenir aux électeurs...... "

A propos de quoi cette assertion est-elle
faite? A propos d'une lettre de l'Archevêque,
soutenue des lettres de deux autres Evêques,
qui informe cette sainte presse que son prétendu programme *catholique* a été fait en dehors
de toute participation de l'épiscopat, et qu'on
le désavoue. A ce désaveu épiscopal, que ré-
pond-on en fait? «Nous ne sommes pas dans
« vos diocèses, Messeigneurs, veuillez donc
« vous mêler de ce qui vous regarde jusqu'à ce
« que notre propre évêque ait parlé.»

Et notez bien que pendant que nous, libéraux, nous déclarons indépendants dans le
domaine *temporel*, les saintes feuilles que j'ai
nommées insultent un Archevêque et deux évêques qui veulent les empêcher de mêler inep-
tement la religion à la politique! C'est-à-dire
que ces saintes feuilles réclament leur indépendance même sur le terrain jugé religieux
par l'Archevêque et deux de ses suffragants.
Elles nous donnent donc le magnifique exemple, chez des gens *à bons principes*, de résister
à l'autorité religieuse sur le terrain qu'elle-
même prononce appartenir à l'ordre religieux.

Tout ce que les saintes feuilles nous ont dit
sur la soumission due aux évêques: toutes
leurs *catholiques* protestations et leurs pieuses
remontrances à notre adresse, n'ont donc jamais été qu'hypocrisie, farce et déception ! Dès
qu'une décision épiscopale ne leur convient
pas, elles savent donc s'en débarrasser malgré
leurs *sages* conseils aux *impies*! Et cela,
remarquez-le bien, quand ces décisions touchent le terrain religieux puisqu'il s'agit d'un
programme catholique!

Il est vrai qu'elles protestent toujours miel-

sonuelle étaient si évidente que l'on était forcé de l'admettre dans l'intimité, les membres de la curie romaine ont cru favoriser les intérêts, ou plutôt grandir le prestige de la hiérarchie ecclésiastique en coordonnant adroitement leur action de manière à étouffer sans bruit la vraie question portée en appel pour en créer une nouvelle qui permît de donner ostensiblement raison à l'Evêque.

Il peut y avoir en là, sans doute, un très habile fait de diplomatie, tactique dont l'usage est immémorial à la cour de Rome, mais j'ai le droit de dire à V. Em. que des hommes habitués aux affaires et à la procédure impartiale de nos tribunaux laïcs espéraient voir des juges ecclésiastiques préférer la voix sûre de la conscience à la voix rusée de la diplomatie. Ici nous avons été trompés ; et là où nous pensions trouver des juges, nous n'avons trouvé que des partisans qui ont accueilli avec faveur, et sans nous le communiquer, tout ce que notre partie adverse leur a glissé en confidence dans l'oreille.

Je le répète donc pour la dernière fois. La question réelle entre nous et Mgr. de Montréal ne porte pas sur les livres obscènes ou immoraux puisque nous n'en voulons pas, et nous le lui avons dit assez souvent. Pour Sa Grandeur, elle porte sur d'autres livres auxquels nous ne pouvons ni ne voulons renoncer. A quel Evêque est-il jamais venu à l'esprit d'exiger qu'une bibliothèque soit *purgée* de *légistes*

---

leusement de leurs sentiments de soumission, et c'est ici que la chose prend une gravité toute spéciale. Que nous disent les saintes feuilles ?

«Nous croyons qu'il vaut mieux obéir à notre évêque qu'à l'évêque du diocèse voisin!» (*Union des Cantons de l'Est*, reproduite par les autres avec approbation).

Ah ! mais il y aurait donc antagonisme entre les évêques! Eh! bien, tout semble en effet le faire croire.

L'archevêque et deux de ses suffragants désavouent un programme politique que l'on qualifie follement de *catholique*. Ils croient voir un danger dans ce mélange non autorisé des choses saintes et profanes. De suite la folle presse ultramontaine insulte ces évêques, leur signifie vertement qu'*en politique* elle est indépendante d'eux et qu'elle ne tiendra pas le moindre compte de l'opinion d'évêques *étrangers!!* Elle appelle son programme *catholique*, et elle dit aux évêques: «Vous n'avez rien à voir là, vous autres.»

Quand avons-nous fait cela, nous? Nous avons défendu le domaine temporel contre l'intervention indue du prêtre : nous avons protesté contre le prêtre imposant en chaire ou au confessionnal ses opinions politiques au citoyen : mais quand avons-nous proposé des *programmes catholiques* en disant aux évêques que cela ne les regardait pas? Or voilà précisément ce que vient de faire la presse folle !

Mais ce n'est pas tout. Deux de nos évêques, ceux de Montréal et de Trois-Rivières, qui voient les journaux qu'ils contrôlent insulter leurs collègues dans l'épiscopat, ferment les yeux sur ces insultes, et ne les font pas cesser quand ils le pourraient d'un mot! Approuvent-ils donc la presse folle ? Comment croire qu'ils la désapprouvent quand leurs circulaires à leurs clergés respectifs louent outre mesure «ces jeunes hommes qui mettent leurs connaissances au service de l'Eglise et s'exposent dans ce but à des luttes *souverainement pénibles !* » Quelles luttes pénibles ? Evidemment leur lutte contre les autres évêques ! Que peut-il y avoir de plus souverainement pénible à ces jeunes champions de l'Eglise qu'une lutte contre des Evêques ?

Que l'on veuille bien relire la lettre circulaire de l'Evêque de Trois-Rivières, et l'on y trouvera clairement l'indication et l'inspiration du *programme catholique* auquel cette lettre seule a fait songer. De ce que l'intention a été habilement déguisée sous les généralités ordinaires, pense-t-on qu'il n'existe personne en Canada qui puisse découvrir la vraie signification d'un document parcequ'il n'exprime pas explicitement tout ce que l'on a entendu y mettre ? Mais tout le monde a compris Mgr. de Trois-Rivières, et quand le fameux *programme* est sorti, il n'y a eu qu'une voix pour dire : «Ah ! voilà enfin le chat qui sort de la poche. Il nous vient tout droit de Trois-Rivières. »

Que l'on relise ensuite la circulaire de Mgr de Montréal, sortie ces jours derniers, (*Minerve* du 20 mai) et comment n'y pas voir toute la presse folle énergiquement *encouragée* à ne pas tenir compte des lettres des trois autres Evêques ?

Quoi! c'est immédiatement après que ceux-ci ont désavoué la presse folle que Mgr. de Montréal vient porter aux nues les journalistes *à bons principes* qui la rédigent! C'est immédiatement à la suite du désaveu du *programme* que Sa Grandeur le récite tout au long avec force éloges dans sa circulaire et invite ses auteurs à persévérer dans une lutte que *le Pape approuve !* Voilà donc un de nos Evêques qui signifie à son métropolitain et à deux de ses collègues qu'ils ne veulent pas de ce que le Pape veut !

comme Dumoulin (Molynœus) ou Pothier ; Beccaria ou Filangieri ; Gro-
tius ou Montesquieu, Bentham ou
Benjamin Constant ; d'historiens comme de Thou ou Sismondi, Hallam ou
Thierry, Michelet ou Llorente ; ou de
moralistes comme Montaigne, Pascal
ou Arnauld ; ou de philosophes comme
Malebranche ou Descartes, Cousin ou
Jules Simon ; ou d'économistes politiques comme Smith, Say, Coquelin ou
Bastiat ? Notre loi locale exige que les
élèves en droit étudient Pothier, et le
Pape le défend. Les élèves vont-ils renoncer à se faire admettre à la profes-
sion plutôt que de lire les considérations sur le mariage de ce premier des
légistes ? Pouvons nous le retrancher
de notre bibliothèque où les étudiants
ont besoin de le trouver ? En vérité, il
ne faut pas exiger pareilles absurdités
d'hommes intelligents !

Allons-nous mettre de côté nombre
d'ouvrages de médecine, de chimie organique, de géologie et de science po-
sitive parceque l'*Index* s'est autrefois
imaginé, il y a de cela plusieurs siècles, que le grand livre de la nature,
qui est bien certainement le livre de
Dieu, allait détruire la Bible ? S'il con-
tredit les fausses notions que l'on s'é-
tait formées sur celle-ci avant les découvertes de la science moderne ; s'il détruit les interprétations erronées qui
en ont été faites sur des points de science physique, à qui la faute ?

Eh bien oui, l'antagonisme entre les Evêques
est devenu un fait accompli et c'est la presse
folle qui a produit ce résultat.

Nous voilà arrivés précisément au point que
j'ai prédit tant de fois : qu'il arriverait un
temps, si le clergé persistait à se mêler activement de politique pour la diriger, où l'on ver-
rait « curé contre curé » et Evêque contre Evêque. »

Quelles injures ne m'a pas addressées la
presse folle quand j'ai prédit cela ? Quels reproches d'hostilité à la religion, de tendance
à l'impiété ! Et voilà qu'en moins de six ans
ma prédiction se réalise, et que les Evêques eux-
mêmes ne s'entendent plus ! Trois Evêques
d'un côté invoquent le quatrième concile de
Québec, et deux Evêques de l'autre l'invoquent
en sens contraire, non pas sans doute par des
paroles directes et claires, mais par des actes
qui valent bien mieux que des paroles pour
prouver leur vraie pensée !

Eh ! bien, que vont faire maintenant les catholiques sincères ?—que je distingue des journalistes hypocrites, et qui me font fort l'effet de
l'être tous puisque dans les deux camps on ne
voit que de l'hypocrisie chez l'adversaire qui
prétend seul défendre les *vrais bons principes*,
—Comment les catholiques vont-ils décider
entre un Archevêque vraiment sage et les deux
Evêques qui se sont ralliés à lui, et deux autres
Evêques qui n'ont pas encore compris où la
presse folle les avait amenés?

C'est à l'Archevêque de Québec que s'adressait le fameux mot du *Nouveau-Monde :* «QUAND
ON S'EST DÉFAIT DE L'ESPRIT ROMAIN»! L'Evêque de Montréal a-t-il obligé le *Nouveau-Monde*
à faire une excuse ? Non certes! Le mot a été
tacitement approuvé puisqu'on a laissé le
Nouveau-Monde continuer de défier l'Archevêque à propos du programme.

Eh ! bien, sait-on ce que ce mot indique ? Il
indique une lutte acharnée, à Rome, pour faire
condamner l'Archevêque, lutte qui, si elle n'est
pas commencée, va commencer bientôt, je le
prédis sans crainte. Et je serai bien surpris si
l'Archevêque : qui a montré tant de sagesse
depuis son intronisation, sort victorieux du
faisceau d'intrigues qui se nouent aujourd'hui
contre lui.

Ce n'est pas sans but que l'on a taxé l'université Laval de *gallicanisme*. N'ayant pas
réussi à en fonder une à Montréal, on s'est
pieusement mis à décrier l'autre, afin d'établir
le besoin d'un établissement «où l'on ne se
soit pas défait de l'esprit romain.»

Et puis, l'Archevêque ne voulant pas du programme clairement suggéré par l'évêque de
Trois-Rivières et explicitement prôné par l'é-
vêque de Montréal dans sa circulaire, on va
bientôt faire partir pour Rome des lettres où
l'on montrera que le programme ne respire
que l'esprit romain, dont l'archevêque *s'est
défait* suivant le *Nouveau-Monde*, et l'on verra
peut-être même l'évêque de Montréal reprendre
le chemin de Rome pour créer ce nouvel embarras d'une accusation grave à un homme
qui ne peut pas le maintenir dans toutes ses
prétentions contre le Séminaire.

Voilà les graves choses qui se passent der-
rière le rideau depuis quelques jours !

Les misères que l'on suscite aujourd'hui à
l'Archevêque de Québec sont un fait regrettable, car il vient de faire un acte de justice que
l'on a en vain réclamé depuis dix ans des autres
Evêques du pays : infliger un blâme sévère à
un curé qui a fait un sermon politique hon-
teux avec attaque directe contre les personnes
en pleine chaire.

Ce curé a formellement reçu instruction de
n'y pas revenir. Que n'en a-t-on fait autant en
1867 où de si terribles scandales ont eu lieu, y
compris un appel à Satan, en pleine église, de
venir y chercher les *rouges* que l'on y voyait
tranquillement occupés à prier Dieu.

Et quand nous voyons un livre aus-si irréprochable que le *Voyage en Orient*, de Lamartine, mis à l'*index*, allons-nous le porter à l'*Ordinaire* pour qu'il le brûle ; ce que les règles de l'*index* exigent ?

Quel ne serait pas le rire universel, en France ou ailleurs, si quelqu'un y venait proposer gravement de purger toutes les bibliothèques, *publiques surtout*, des livres que je viens de citer ? Où en serait l'intelligence publique s'il fallait retomber sur *de Maistre* et les falsificateurs de cette trempe pour connaitre la vérité historique ? Où en serions-nous s'il fallait apprendre l'histoire dans le père d'Orléans, ou dans les Maimbourg, les Bouhours, les Gabourd, les Henrion et les Loriquet ?

Nous avons représenté toutes ces choses avec le calme voulu, mais nous avons vu que nous étions condamnés avant d'avoir parlé. L'Evêché voulant absolument détruire l'Institut—un de ses membres me l'a écrit à moi-même—nous avons eu beau dire des choses sensées, présenter les plus graves considérations: remontrer par exemple que si les catholiques en sortaient, l'Institut ne serait pas détruit pour cela. et que notre bibliothèque, fruit de 25 années de sacrifices, et toute notre propriété immobilière, valant près de $30,-000, allaient passer à une petite minorité de membres protestants qui *formeraient encore l'Institut* après que nous en serions sortis, tout a été inutile, car, s'étant flattés de l'espoir de nous écraser, l'on était déterminé à ne rien entendre.

Espérant que le préjugé aveugle n'aurait probablement pas pu prendre racine à Rome au même degré qu'ici, nous y sommes allés, et nous n'y avons trouvé qu'un vrai déni de justice habilement déguisé dans un prétendu jugement qui n'a rien réglé, et où nous ne pouvons voir qu'une iniquité de fond et de forme puisqu'on ne l'a rendu que sur des entretiens *confidentiels* avec l'Evêque et sur ses dénonciations *secrètes*, le tout voilé sous une procédure *secrète !*

Et toute cette déplorable farce de prétendu examen d'une question que l'on élimine adroitement du prétendu jugement rendu, se termine par une gronderie à mon adresse parce que *nous ne nous soumettons pas* à une décision *que nous attendons toujours ! ! !*

Et c'est un Cardinal de la réputation de V. Em. qui agit avec cette *maturité d'étude* d'une question ! !

Eh ! bien, décidément, en voilà assez !

Nous connaissons maintenant la justice romaine !

Nous connaissons ses tactiques, sa procédure, ses habitudes souterraines, ses moyens secrets, et nous voyons ce dont elle est capable en fait de partialité et d'arbitraire ! La leçon que nous avons reçue nous profitera, et à d'autres aussi ! Quand nous aurons besoin de justice, dorénavant, nous saurons par nous-mêmes où il ne faut pas aller !

Il ne nous reste donc qu'à attendre de meilleurs jours ; et à espérer que les graves événements, que les terribles effrondrements des six derniers mois, feront enfin comprendre à la curie romaine que là où elle s'obstine avec tant de parti pris à ne voir que la malice des hommes, il est peut-être bien plus juste et plus vrai de ne voir que la justice de Dieu !

J'ai l'honneur d'être,
de Votre Eminence,
le trés humble et
très obéissant serviteur,

L. A. Dess. aulles.